Chère lectrice,

A cinquante-cinq ans, l'armateur Abraham Danforth est un homme riche, puissant, respecté. Après une brillante carrière dans la Marine, il est revenu à Savannah pour reprendre les rênes de Danforth & Co, l'entreprise de transport maritime fondée par son grand-père.

Si la réussite professionnelle d'Abraham est indéniable, sa vie personnelle est moins heureuse. Après la mort de sa femme à l'âge de vingt-neuf ans, Abraham a envoyé ses cinq enfants en pension. Délaissés par leur père pendant leurs brefs séjours à Crofthaven Manor, la splendide propriété familiale, les quatre garçons et leur jeune sœur ont trouvé l'affection qui leur manquait auprès de leur oncle Harold.

En janvier 2004, Abraham se présente aux élections sénatoriales et entend réunir sa famille autour de lui...

Résumé des volumes précédents...

Chargé d'installer la permanence électorale de son père, Reid Danforth a fait la connaissance de sa jolie voisine, Tina Alexander (La liaison secrète). Leur liaison passionnée est restée secrète, le temps que leurs parents respectifs comprennent que leur amour n'était pas qu'un feu de paille.

Sa sœur Kimberly a dû héberger Zack Sheridan, chargé de la protéger lorsque Abraham Danforth a reçu des lettres de menace. Après une cohabitation difficile, Les étincelles de la passion ont fini par crépiter entre eux.

Jacob Danforth, le cousin de Reid et de Kimberly, a eu, lui, l'immense surprise de découvrir qu'il était papa d'un petit Peter de trois ans ! Un secret bien caché par Larissa, la mère de Peter. Mais tout s'est fini par un mariage !

Wesley Brooks, un ami de la famille, était loin de penser au mariage lorsqu'il a surpris Jasmine Carmody, une jeune journaliste, dans sa propriété ! Pourtant, c'est finalement d'Un coup de foudre à Savannah dont a parlé la presse...

Ian, le fils aîné d'Abraham, a la lourde charge de diriger l'entreprise familiale. Heureusement, la jeune et jolie Katherine Fortune est arrivée *à point nommé pour diriger son bureau, sa vie et… son cœur ! Et toute la famille a applaudi l'arrivée d'*Une héritière chez les Danforth.

Il a fallu une Rencontre passionnée *avec le séduisant Raf Shakir pour qu'Imogene Danforth oublie qu'elle n'était venue chez lui que pour apprendre l'équitation !*

Dans son ranch du Wyoming, loin de l'agitation soulevée par la candidature de son oncle, Tobias Danforth a reçu L'amour en héritage *lorsqu'il a engagé Heather Burroughs pour s'occuper de Dylan, son fils de trois ans.*

Scandale chez les Danforth *qui doivent faire face à l'arrivée de Lea Nguyen, l'enfant illégitime qu'Abraham a eu au Viêt-nam. Grâce à Michael Whittaker, le garde du corps d'Abraham, Lea a trouvé sa place au sein du clan.*

Adam Danforth et Selene Van Gelder, la fille du rival d'Abraham, n'auraient jamais dû se rencontrer, encore moins s'aimer, mais L'amour plus fort que tout *l'a emporté !*

En proie à un chantage odieux, Marcus, le fils cadet d'Abraham, a finalement pu compter sur le soutien et l'amour de Dana Aldrich venue enquêter contre lui…

Tanya Winters, recueillie amnésique à dix-sept ans par la famille Taylor, a appris qu'elle était en réalité Victoria Danforth, la fille cadette d'Harold. Toute la famille est folle de joie. Et un bonheur ne venant jamais seul, elle a trouvé l'amour avec David Taylor, le fils de son bienfaiteur…

Ce mois-ci

Après une campagne riche en péripéties, Abraham a gagné les élections. Il se prépare à emménager à Washington et ne comprend pas que Nicola Granville, sa directrice de campagne, refuse de l'accompagner alors que de tendres sentiments les unissent…

La responsable de collection

LEANNE BANKS

Romancière à succès, virtuose des sentiments et de la passion, Leanne Banks a été plusieurs fois récompensée pour la sensualité de ses histoires. Ce qu'elle préfère dans son métier ? Inventer, imaginer, faire rêver à travers des personnages qu'on n'oublie pas, même une fois tournée la dernière page du livre. Et savez-vous ce que Leanne dit de vous, chères lectrices ? Que les lectrices de romans d'amour sont les plus fines qui soient car elles ont compris, intimement, que l'amour est LE grand miracle de la vie.

Leanne vit en Virginie où elle est née, avec son mari, son fils et sa fille.

Cet ouvrage a été publié en langue anglaise sous le titre :
SHOCKING THE SENATOR

Traduction française de
SYLVIE TROIN

HARLEQUIN®

est une marque déposée du Groupe Harlequin
et Passion® est une marque déposée d'Harlequin S.A.

Originally published by SILHOUETTE BOOKS,
division of Harlequin Enterprises Ltd.
Toronto, Canada

LEANNE BANKS

Le serment du bonheur

Collection *Passion*

éditions Harlequin

La Dynastie des Danforth

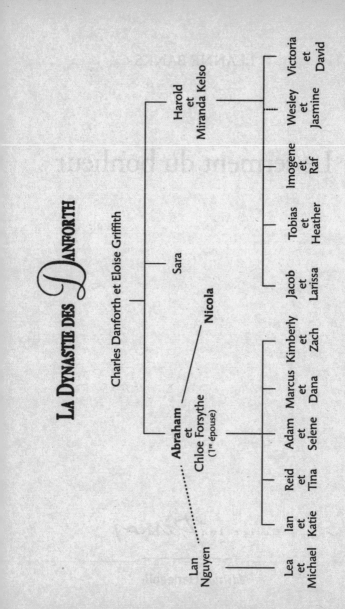

Charles Danforth et Eloise Griffith

Abraham et Chloe Forsythe (1re épouse) — **Nicola**

Sara

Harold et Miranda Kelso

Lan Nguyen

Lea et Michael

Ian et Katie

Reid et Tina

Adam et Selene

Marcus et Dana

Kimberly et Zach

Jacob et Larissa

Tobias et Heather

Imogene et Raf

Wesley et Jasmine

Victoria et David

Indiscrétions

Tout est bien qui finit bien ?

Le mois dernier, nous nous demandions si la famille de l'homme d'affaires qui vient d'être brillamment élu au Sénat avait révélé tous ses secrets… Il n'en était rien ! Nous avons eu l'immense surprise de découvrir que la nièce du nouveau sénateur, mystérieusement disparue il y a cinq ans, est réapparue au bras d'un héritier d'une magnifique plantation de coton dont les revenus n'ont rien à envier à ceux de sa belle-famille.

Gageons maintenant que le nouveau couple donnera de beaux enfants à cette vieille famille de Savannah dont nous avons abondamment parlé ici depuis le début de l'année.

Une descendance que notre nouveau sénateur aura moins souvent l'occasion de voir puisqu'il part s'installer à Washington afin d'assurer sa charge au Capitole. De source sûre, nous avons appris qu'il cherche à entraîner dans cette aventure sa directrice de campagne, dont le talent et le dévouement — sans oublier le charme — ont grandement aidé à son élection. Mais la jolie jeune femme ne semble guère facile à convaincre. Ce refus cacherait-il quelque chose ?

Prologue

Abraham Danforth était de ces hommes à qui Nicola Granville savait devoir opposer un refus catégorique. Pour quantité de raisons. Mais chaque fois qu'il la prenait dans ses bras, elle avait un mal fou à se rappeler pourquoi elle devait maintenir leurs relations à un niveau strictement professionnel et se contenter d'être son efficace et pragmatique directrice de campagne.

— Abe, ce ne serait pas raisonnable, protesta-t-elle d'une voix tremblante.

Rassemblant toute sa volonté, elle recula de quelques pas, mais elle se retrouva le dos contre la porte du bureau. Comme s'il n'attendait que cela, Abraham franchit alors la courte distance qui les séparait et se pencha vers elle pour l'embrasser. Elle contint un gémissement à mi-chemin entre le désespoir et le désir. Déjà, son corps se tendait vers la chaleur envoûtante d'Abraham, son cœur s'affolait en sentant son odeur virile l'envelopper mieux qu'un vêtement. A cinquante-cinq ans, il avait un corps et une muscula-ture qui suscitaient l'admiration de toutes les femmes, elle ne le savait que trop bien !

— Nous ne sommes plus en campagne, lui rappela Abraham en l'enlaçant étroitement. J'ai été élu sénateur de Géorgie. Plus rien ne nous empêche d'être amants.

Nicola voyait au contraire une bonne demi-douzaine d'obstacles à une relation intime entre eux, notamment un souvenir qui hantait sa mémoire chaque jour depuis plus de vingt ans. Si par malheur Abraham venait à découvrir son passé honteux, il se détournerait aussitôt d'elle, plus choqué qu'il ne voudrait l'admettre.

Ignorant la chaleur qui se répandait dans ses veines, Nicola fit appel à sa conscience professionnelle chancelante.

— Cela ne serait pas bon pour ton image d'entretenir une liaison avec ta directrice de campagne, déclara-t-elle d'un ton sentencieux. Fais-moi confiance, je sais de quoi je parle.

Elle soupira avant d'ajouter :

— Après tout le mal que nous nous sommes donné pour convaincre les électeurs de voter pour toi, tu devrais le savoir, toi aussi !

— Ce que je sais, c'est que tu as un talent fou et que tu as su tourner à mon avantage tous les scandales potentiels qui auraient pu ruiner ma carrière.

Abraham ouvrit grand sa main et se mit à compter sur ses doigts :

— Grâce à toi, j'ai gardé la sympathie du public quand on a trouvé le corps de la fille de ma gouvernante dans le grenier de Crofthaven Manor ; quand la presse a révélé que j'avais eu une fille illégitime au Viêt-nam ; et même quand mon fils Marcus a été soupçonné par le FBI de se livrer à des activités criminelles. Sans oublier l'attendrissement que tu es parvenue à susciter parmi les journalistes le jour où tout le monde a appris par les journaux que mon neveu Jacob était père d'un enfant dont il ignorait jusque-là l'existence…

Nicola le bâillonna de la main pour l'empêcher de continuer et rétorqua :

— Certes, nous avons eu à faire face à des situations qui auraient pu te faire dégringoler dans les sondages, mais mon travail a été grandement facilité par ta personnalité. Tu es le rêve de tout directeur de campagne, Abraham. Tu es foncièrement intègre et franc, et tu as un charisme exceptionnel. C'est grâce à ces qualités que tu as remporté les élections.

— Peut-être.

Abraham haussa les épaules. En cet instant précis, les raisons de sa victoire lui importaient peu.

— Quoi qu'il en soit, nous formons une équipe formidable.

Des étincelles de désir crépitèrent sur la peau de Nicola alors qu'il l'enveloppait d'un regard intense. Le regarder était comme fixer le soleil trop longtemps, songea-t-elle. Si elle n'était pas prudente, elle allait devenir aveugle… à la réalité.

Dans un dernier sursaut de raison, elle détourna les yeux.

— Je te l'ai déjà dit, je ne te suivrai pas à Washington.

— Mais tu as promis de travailler avec moi jusqu'à mon départ, rappela Abraham en repoussant en arrière une mèche cuivrée qui tombait sur son front.

La tendresse contenue dans son geste bouleversa Nicola.

— C'est vrai, admit-elle.

— Donc j'ai le temps de te faire changer d'avis.

— N'y compte pas !

Ce n'était pas un défi ou une provocation. La jeune femme comptait bien camper sur ses positions.

— Cela tombe bien ! J'adore les défis, ma belle…

Abraham resserra son bras autour de sa taille et la plaqua intimement contre lui. Aussitôt, elle se remémora leur dernière étreinte, les instants excitants qu'ils avaient partagés. Un frisson de désir la parcourut, son pouls s'accéléra dangereusement.

— Nous étions d'accord pour garder nos distances, protesta-t-elle en tentant de le repousser. Nous avons admis tous les deux que c'était une erreur de…

Les joues en feu, elle baissa les yeux.

— … nous rapprocher.

Abraham la dévisagea longuement.

— Tu as des regrets ?

— Abe, soupira-t-elle avec lassitude, nous avons déjà eu cette discussion. Je ne veux pas que tout ce que nous avons si laborieusement accompli soit anéanti parce que… parce que…

— Parce que je suis beaucoup plus vieux que toi ?

Elle leva les yeux au ciel.

— Ce n'est pas ce que je voulais dire et tu le sais.

— A quoi bon le nier ? J'ai presque vingt ans de plus que toi.

— On ne le dirait pas, murmura-t-elle, admirative.

Elle s'émerveillait à chaque seconde de son dynamisme et de sa force, en public et en privé. La dernière fois qu'ils avaient fait l'amour… S'apercevant que ses pensées s'égaraient en terrain dangereux, elle secoua la tête.

— Ne change pas de sujet. Même si tu as été élu, mon travail consiste toujours à soigner ton image. Une liaison avec moi serait une catastrophe, sous bien des aspects.

— Je n'en suis pas convaincu, lui chuchota Abraham au creux de l'oreille en lui caressant la joue.

Avec une lenteur déchirante, il suivit d'un doigt l'encolure de son chemisier, dériva sur sa peau satinée.

En voyant la passion qui faisait briller ses yeux bleus, Nicola contint un gémissement de désespoir. Abraham lui faisait éprouver des sensations et des émotions si intenses, qu'elle se sentait de nouveau sur le point de perdre la tête.

— Tu n'aimes pas mes baisers ?

Abraham effleura sa bouche en un va-et-vient tentateur qui lui donna le vertige.

Serrant les dents, elle s'exhorta à l'impassibilité, mais déjà, la lave du désir jaillissait au plus secret d'elle-même, son corps se tendait vers les caresses de son compagnon.

— Tu n'aimes pas la manière dont je te touche ? demanda Abraham en glissant la main sous son chemisier pour effleurer ses seins voilés de dentelle.

Elle frissonna longuement alors qu'il s'attardait sur une pointe sensible.

— Tu emploies des méthodes déloyales…, gémit-elle.

— Tu n'aimes pas faire l'amour avec moi ? chuchota-t-il contre ses lèvres en s'attaquant au bouton de sa jupe.

« C'est le moment de dire non ! » ordonna une voix lointaine dans la tête de la jeune femme.

Le crissement de la fermeture Eclair de sa jupe lui confirma qu'elle devait absolument se reprendre et s'écarter de cet homme si séduisant.

— J'ai envie de toi, dit Abraham d'une voix rauque qui agit sur elle comme la plus audacieuse des caresses. Je te veux. Maintenant.

Se maudissant mentalement pour sa faiblesse, elle l'embrassa et mit dans ce baiser toute l'intensité de son désir.

« Encore une fois. Juste une », se jura-t-elle.

La dernière, se promit-elle.

1

Deux traits roses apparurent sur la languette. Nicola ne pouvait pas en croire ses yeux, mais aucun doute n'était plus permis. Elle était bel et bien enceinte.

Certes, elle avait eu des soupçons, mais elle ne s'était pas inquiétée outre mesure, n'ayant jamais eu des cycles très réguliers. Et puis elle avait trente-sept ans et toutes les statistiques démontraient que la fertilité d'une femme décroissait à une allure vertigineuse une fois la trentaine entamée.

Cependant, après huit semaines de retard et l'apparition de nausées matinales, elle s'était quand même décidée à aller acheter un test de grossesse en pharmacie. Refusant de croire à l'impensable, elle en avait fait un second le lendemain.

Maintenant, assise sur un tabouret dans la salle de bains de sa suite à Crofthaven Manor, elle ne pouvait que fixer les traits roses sur la languette posée sur le lavabo avec un mélange de consternation, de fascination et d'incrédulité.

« Comment as-tu pu être aussi stupide ? N'as-tu pas appris durement ta leçon la dernière fois ? »

Nicola ferma les yeux alors que des centaines d'émotions se bousculaient dans son cœur et réveillaient le volcan endormi de ses souvenirs, lui rappelant la première fois où elle avait été enceinte. A l'époque, personne n'avait plus voulu la regarder en face ou lui tendre la main. Sa famille d'accueil avait été profondément choquée, quant

14

à son petit ami, il lui avait déclaré sans ambages qu'il était trop jeune pour être père et qu'elle devrait se débrouiller sans lui.

Seule la directrice du foyer pour mères célibataires où elle s'était réfugiée lui avait manifesté un peu de compassion et lui avait apporté son soutien.

L'estomac noué, Nicola repensa à cette époque, à son angoisse, sa honte et sa souffrance. Elle avait décidé de mener sa grossesse à terme. Cependant, chaque jour qui passait, elle avait pris conscience de la dure réalité qui l'attendait : elle n'avait ni famille ni amis sur lesquels compter, elle n'avait pas de travail, pas de diplôme… Jamais elle ne pourrait subvenir aux besoins de son enfant. Alors, après avoir porté son bébé pendant neuf mois, elle avait renoncé à ses droits maternels pour qu'il puisse être adopté. Depuis, le remords et les regrets ne l'avaient plus quittée.

— N'y pense plus ! s'ordonna-t-elle tout haut. Ta fille a de merveilleux parents qui l'aiment de tout leur cœur. Elle est heureuse et en bonne santé. Tu as fait ce qu'il y avait de mieux pour elle.

Cependant, même si elle s'était répété ces mots des centaines de fois, elle restait convaincue d'être foncièrement mauvaise d'avoir abandonné son enfant.

Lorsqu'elle rouvrit les yeux, elle eut l'impression que les traits roses la fixaient avec reproche et lui criaient :

« Comment as-tu pu être aussi stupide ? Une fois peut-être, mais deux… ! »

Cela faisait déjà dix minutes qu'Abraham faisait les cent pas dans son bureau. Pensant que c'était Nicola qui frappait à la porte, il courut ouvrir, un grand sourire aux lèvres. Mais ce n'était que Joyce, la fidèle gouvernante de Crofthaven Manor.

— Où est donc Nicola ? lui demanda-t-il.

Tout en regagnant son fauteuil, il remarqua que Joyce avait apporté le petit déjeuner pour une seule personne.

Depuis qu'il avait engagé Nicola comme directrice de campagne, ils prenaient chaque matin le petit déjeuner ensemble. C'était devenu une habitude, un rituel qu'il appréciait particulièrement. Il aimait commencer ses journées en compagnie de Nicola. Quel que soit le problème à résoudre, la présence de sa collaboratrice lui redonnait optimisme et allant pour la journée à venir.

— Mlle Granville ne se sent pas bien, répondit la gouvernante. Elle m'a priée de vous présenter ses excuses.

Abraham se rembrunit encore davantage. Depuis quand Nicola chargeait-elle une tierce personne de lui transmettre un message ? Elle aurait pu le lui dire de vive voix, ou l'appeler par l'Interphone qui reliait toutes les pièces de Crofthaven Manor.

Remarquant son mécontentement, sa gouvernante tenta de l'apaiser.

— Mlle Granville avait mal au ventre.

Après une courte pause, elle précisa :

— Sans doute des problèmes... féminins dont elle n'ose pas vous parler.

— Je vois.

Abraham hocha la tête. Mais il était étonné et déçu. Il avait pensé qu'après tout ce que Nicola et lui avaient partagé, physiquement et émotionnellement, ils étaient assez proches pour tout se dire.

Conscient du regard inquiet dont l'enveloppait sa gouvernante, il but une gorgée de café et se força à sourire.

— Merci, Joyce. Le café est délicieux. Comme toujours.

Son employée rayonna de fierté et de plaisir.

— J'en suis ravie, monsieur Danforth. N'hésitez pas à m'appeler si vous souhaitez autre chose.

La sachant encore très éprouvée par la découverte du corps de sa fille dans le grenier de Crofthaven Manor quelques mois plus tôt, il la dévisagea attentivement.

— Comment allez-vous, Joyce ?

La gouvernante eut un sourire mélancolique.

— Chaque jour est un peu meilleur que le précédent. Merci de vous inquiéter pour moi, monsieur. Cela me touche énormément.

Alors qu'elle quittait le bureau, Marcus, son plus jeune fils, entra en coup de vent.

— Bonjour, papa. Où en es-tu de tes préparatifs de déménagement pour Washington ?

— Je progresse, marmonna Abraham en balayant du regard les cartons de dossiers alignés contre un mur.

— Votre prochain départ n'a pas l'air de vous mettre en joie, monsieur le sénateur, plaisanta Marcus.

Abraham se réjouit en secret de voir moins de froideur et de tension qu'à l'accoutumée dans les yeux de son fils. Sa relation avec ses enfants s'améliorait lentement, grâce à Nicola qui l'avait incité à se rapprocher d'eux et à mieux leur montrer son attachement. Ainsi, quand en pleine campagne sénatoriale Marcus avait été accusé par le FBI de se livrer à des activités criminelles, Abraham s'était précipité au poste de police et avait soutenu son fils, sans se soucier du fait que sa prise de position risquait de compromettre ses chances d'être élu. Certes, Marcus ne comprenait toujours pas pourquoi son père n'avait pratiquement jamais participé à l'éducation de ses enfants, mais au moins, il ne semblait plus autant lui en vouloir.

— Je n'arrive pas à convaincre Nicola de m'accompagner à Washington pour diriger mon équipe.

Marcus ne cacha pas son étonnement.

— Je pensais que cela allait de soi ! Vous formez une si bonne équipe, tous les deux.

Abraham soupira longuement.

— Elle soutient qu'elle préfère rester en Géorgie.

— C'est compréhensible. Ton élection a prouvé sa compétence et son sérieux et, du coup, elle a probablement reçu beaucoup de propositions de travail. Tous les hommes politiques de la région vont se battre pour l'avoir à leurs côtés.

— Je n'avais pas pensé à cela.

17

Abraham se frotta pensivement le menton.

— Je n'ai peut-être pas employé les bons arguments.

— Je ne me fais pas de souci, assura Marcus. Si quelqu'un peut la convaincre, c'est bien toi.

— Merci pour ce vote de confiance. Comment va ta délicieuse épouse ?

Marcus avait récemment épousé l'agent du FBI chargé d'enquêter sur les accusations de racket qui pesaient contre lui.

— Dana travaille nuit et jour pour prouver que les membres du cartel colombien m'ont fait arrêter dans l'espoir d'obliger Ian à traiter avec des fournisseurs choisis par eux. Elle en fait une affaire personnelle.

Marcus secoua la tête.

— Je n'en reviens pas d'avoir eu la chance de rencontrer une femme aussi exceptionnelle !

Abraham fut ému par l'amour qui brillait dans les yeux de son fils.

— Je suis très heureux que tu aies décidé de passer les fêtes de fin d'année à la maison, Marcus.

— C'est bon d'être ici. Les choses sont différentes dernièrement. *Tu* es différent, ajouta Marcus, moins tendu, moins inaccessible, sans doute parce que tu as gagné les élections.

— Certainement, marmonna Abraham sans conviction.

Comment aurait-il pu expliquer à son fils que, loin de savourer son triomphe, il se sentait tout à coup désœuvré et démotivé ? Maintenant que l'excitation et la fébrilité qui avaient accompagné la campagne électorale étaient retombées, il avait trop de temps pour réfléchir et il prenait douloureusement conscience de tout ce qu'il avait manqué dans la vie de ses enfants parce qu'il avait fait le choix de servir son pays.

— Je n'ai pas encore eu l'occasion de te le dire, mais je tiens à ce que tu saches que j'ai été touché par le soutien sans faille que tes frères, ta sœur et toi m'avez apporté pendant toute la campagne. Dieu sait que moi, je n'ai jamais été là pour vous quand vous étiez petits.

Abraham ravala le goût amer de ses regrets et soupira longuement avant d'ajouter :

— Ce n'est certes pas grâce à moi que vous êtes devenus ce que vous êtes et que vous avez réussi dans la vie, admit-il avec embarras. Mais je suis très fier de vous tous.

Une vive stupéfaction se peignit sur les traits de son fils.

— C'est la première fois que je t'entends parler comme ça.

— Ce n'est pourtant pas la première fois que je le pense, répliqua Abraham d'un ton rogue pour cacher son émotion.

Sans le vouloir, Marcus venait de lui confirmer qu'il avait été un père pitoyable.

— Tu m'étonnes beaucoup. Maman disait toujours que tu avais plus important à faire que de t'occuper de nous.

Abraham serra les dents. Il ne voulait pas critiquer son épouse décédée en expliquant que, quoi qu'il ait pu faire, elle n'était jamais satisfaite.

— Ta mère et moi avions des ambitions différentes, murmura-t-il.

— Lesquelles ?

— Je voulais à tout prix réussir ma carrière et elle ne voulait pas être l'épouse d'un militaire.

Marcus fronça les sourcils.

— Pourtant, tu étais déjà dans l'armée quand vous vous êtes connus, non ?

Abraham confirma d'un hochement de tête.

— Elle espérait pouvoir me faire changer.

Devinant que son fils s'apprêtait à poser d'autres questions, il leva la main.

— Ecoute, Marcus, ta mère et moi n'avons pas eu un mariage idyllique, mais elle vous aimait et elle voulait ce qu'il y avait de mieux pour vous. J'assume entièrement les choix de vie que j'ai faits, bons ou mauvais.

L'espace d'un instant, il entrevit dans le regard de son fils la souffrance que ce dernier avait endurée à grandir sans son père occupé à combattre ses propres démons.

Il était trop tard pour les excuses, soupira-t-il intérieurement. Le mal était fait.

Pour rompre le silence pesant qui s'éternisait entre eux, Marcus se tourna vers la porte.

— Je te laisse.

— Marcus, le rappela Abraham. Tu es toujours le bienvenu à la maison, j'espère que tu le sais.

Après un vague hochement de tête, son fils sortit dans le couloir.

Abraham ravala un juron. Il n'avait que ce qu'il méritait : des enfants respectueux mais distants.

Quand, deux heures plus tard, Nicola fit enfin son entrée dans son bureau, il sentit son cœur s'emballer. « Vieux fou ! » se sermonna-t-il en se précipitant à la rencontre de la jeune femme.

Comme toujours, Nicola était l'image même de l'élégance et de la sobriété et, pour lui, elle incarnait surtout le charme et la féminité. Il adorait la manière dont ses cheveux tombaient en vagues de feu sur ses reins, il aimait deviner ses courbes sensuelles sous son ensemble pantalon noir rehaussé d'un chemisier de soie crème. Tout en elle lui plaisait et l'émouvait.

— Je me demandais quand tu allais te décider à me rejoindre.

Nicola haussa un sourcil.

— Joyce ne t'a pas dit… ?

— Elle m'a parlé de maux de ventre…

— Quelque chose comme ça, marmonna Nicola en haussant les épaules.

— Tu te sens mieux, à présent ?

— Je vais bien.

Abraham prit une profonde inspiration.

— J'ai bien réfléchi, je tiens à ce que tu m'accompagnes à Washington. Ton prix sera le mien.

Nicola écarquilla les yeux.

— Bonjour à toi aussi, Abraham ! Je t'ai déjà dit que je préférais rester à Savannah.

— Tu pourras revenir ici aussi souvent que tu le voudras. Je te paierai tous tes déplacements et ton logement à Washington.

Désireux de la convaincre, Abraham abattit un argument qu'il pensait imparable.

— Pense à tous les contacts que tu pourras établir en travaillant au Sénat.

Il lui serra la main et la trouva glacée.

— Tu n'es toujours pas bien ? s'inquiéta-t-il. Tu as les doigts gelés et tu sembles préoccupée.

— En fait, j'ai certains problèmes à régler. Je venais te demander si je pouvais prendre ma journée.

— Bien sûr.

Abraham plissa le front. L'attitude distante de Nicola était déconcertante.

— Veux-tu me parler de quelque chose ? Tu sais que si tu as besoin de quoi que ce soit, tu n'as qu'à me le demander.

Nicola esquissa un sourire.

— Bien sûr.

— Nous pourrions dîner ensemble à ton retour.

— Je risque de rentrer tard. Il vaut mieux que tu ne m'attendes pas.

Son ton évasif accrut l'inquiétude d'Abraham. Instinctivement, il resserra son emprise sur sa main.

— Je n'aime pas jouer au chat et à la souris, Nicky. Dis-moi ce qui se passe.

La jeune femme se mordit la lèvre.

— Rien de spécial. J'ai seulement des choses à faire cet après-midi. Des choses personnelles.

Autrement dit, des choses qu'elle ne voulait pas partager avec lui… Abraham eut l'impression qu'elle lui claquait une porte à la figure. Il n'aurait pas dû en être blessé ou vexé. Nicola était beaucoup plus jeune que lui. Même si elle éveillait en lui une passion incendiaire, il souhaitait qu'elle trouve un compagnon de son âge. Et justement parce qu'il était conscient de leur différence d'âge, il avait combattu de toutes ses forces l'attirance qui crépitait entre eux depuis le premier jour. Mais la campagne électorale avait duré des mois, ils avaient travaillé côte à côte, jour et nuit. La complicité et la tendresse s'étaient ajoutées au désir qu'ils avaient l'un pour l'autre, jusqu'à ce que l'impossible devienne inévitable et qu'ils finissent dans les bras l'un de l'autre. Plusieurs fois.

— Nicky, nous avons traversé beaucoup d'épreuves ensemble ces derniers mois. Même s'il ne peut rien y avoir de durable entre nous, je veux que tu saches que tu peux compter sur moi.

Contrairement à ce qu'il escomptait, ses paroles ne parurent pas rassurer la jeune femme. Elle pâlit et se dirigea vers le couloir avec une hâte que rien ne justifiait.

— Merci, Abe. A demain.

Dieu merci, elle avait obtenu un rendez-vous immédiatement. Assise sur la table d'examen, Nicola attendait que sa gynécologue revienne lui communiquer le résultat de ses analyses de sang. Elle-même n'avait pas besoin de les voir imprimés sur du papier, elle savait déjà qu'elle était enceinte et qu'elle garderait ce bébé, même si elle devait se résoudre à l'élever seule.

Sa seule incertitude concernait la manière dont elle allait devoir annoncer la nouvelle à Abraham.

Une vague de culpabilité l'assaillit. Avoir un enfant en dehors du mariage pouvait ruiner la carrière du tout nouveau sénateur Danforth.

Or, plus que quiconque, elle était convaincue qu'il irait loin dans le monde de la politique, parce qu'il était intègre et courageux, parce qu'il se souciait réellement de son prochain et parce qu'il avait un charisme exceptionnel.

Elle sursauta quand sa gynécologue, une femme quinquagénaire aux cheveux gris, entra.

— Bonjour, Nicola.

— Bonjour, docteur Baxter. Merci de m'avoir reçue entre deux rendez-vous.

— Ne me remerciez pas. Vous devez être impatiente de connaître le résultat de vos analyses alors je ne vais pas vous faire languir. Vous êtes enceinte, Nicola.

Enveloppant sa patiente d'un regard chaleureux, le Dr Baxter demanda :

— Cela vous surprend-il ?

Nicola secoua la tête.

— Pas le moins du monde. J'avais déjà fait deux tests avant de venir vous voir.

Les sourcils froncés, le Dr Baxter consulta le dossier qu'elle tenait à la main.

— Lors de votre dernière visite, ma secrétaire a noté que vous étiez célibataire. Votre situation de famille a-t-elle changé depuis ?

Nicola contint un soupir.

— Je suis une grande fille. Je peux élever un bébé toute seule.

Le Dr Baxter la regarda droit dans les yeux et lui sourit.

— Je n'en doute pas une seconde.

Ce vote de confiance incita Nicola à l'optimisme. Tout irait bien, surtout dès que ces affreuses nausées matinales auraient disparu.

Incapable de trouver le sommeil, Nicola se glissa dans la cuisine de Crofthaven Manor juste après minuit. En passant à la pharmacie pour prendre les vitamines prescrites par sa gynécologue, elle avait également acheté plusieurs sortes de tisanes. Elle espérait qu'une tasse de tilleul au miel apaiserait sa nervosité et l'aiderait à dormir.

Craignant que le sifflement strident de la bouilloire ne réveille toute la maisonnée, elle fit chauffer de l'eau dans une casserole puis fit infuser le sachet qui promettait des nuits paisibles sur le paquet.

— Toi aussi, tu deviens insomniaque ? demanda soudain une voix profonde.

Elle fit volte-face, les yeux écarquillés.

— Abraham ! Tu m'as fait une de ces peurs.

— Un whisky est le meilleur des remèdes contre l'insomnie, affirma Abraham en prenant un verre dans le vaisselier.

Rien qu'en le regardant, Nicola sentit son cœur battre plus vite. Elle adorait le voir en tenue décontractée. En jean et veste d'intérieur partiellement déboutonnée sur son torse musclé, les cheveux ébouriffés, il était beaucoup plus accessible qu'en costume trois pièces… et terriblement sexy.

C'était justement parce qu'elle l'avait trop souvent dévoré des yeux qu'elle se retrouvait dans sa situation, se sermonna-t-elle.

— Je préfère m'en tenir à ma tisane. Elle promet la détente aux gens stressés.

Un léger sourire aux lèvres, Abraham s'approcha d'elle.

— Pourquoi es-tu nerveuse ?

Elle fixa sa tasse.

— Tu sais ce que c'est… Ton esprit commence à courir et ne s'arrête plus. Je peux te retourner la question. Pourquoi es-tu encore debout ?

Elle s'interrompit alors qu'Abraham se plaçait derrière elle et lui caressait la nuque et les épaules.

— C'est vrai, tu es tendue à craquer, commenta-t-il. Qu'est-ce qui ne va pas, Nicky ?

Elle tenta d'ignorer les battements frénétiques de son cœur.

— J'ai l'esprit en tumulte.

— Pourquoi ?

Tout en parlant, Abraham appuya les pouces sur un muscle noué.

Nicola contint un gémissement de plaisir et ferma les yeux. Mais la chaleur des doigts d'Abraham avait ravivé des souvenirs interdits et le film de leur dernière étreinte défilait derrière ses paupières closes : Abraham la serrait contre lui, écrasant ses seins contre son torse, ses mains couraient sur ses reins, ses lèvres butinaient son cou, son oreille...

— Tu es bien silencieuse. Tu aimes ce que je te fais ?

Elle fit un gros effort pour retrouver sa voix.

— C'est trop bon, murmura-t-elle. Tu sembles toujours savoir exactement où...

Elle se mordit la lèvre alors qu'il lui soulevait les cheveux et mordillait la peau sensible derrière son oreille.

— Je connais une bien meilleure manière d'apaiser ta tension, murmura-t-il.

L'enlaçant par la taille, il incrusta le bassin contre son ventre déjà brûlant passion. Elle s'émerveilla une fois de plus du désir qu'elle suscitait en lui. Leurs corps semblaient faits pour s'entendre.

Leur attirance mutuelle pourrait-elle évoluer en quelque chose de solide et durable ?

Elle prit une profonde inspiration.

— Abe, nous n'avons jamais parlé de l'avenir.

— Tu as déjà oublié que je t'ai demandé de me suivre à Washington ?

Partagée entre les sensations exquises qu'il éveillait au plus secret d'elle-même et le besoin de savoir s'il pourrait accepter leur enfant, elle gémit sourdement.

— Je veux dire... nous n'avons jamais parlé de nous.

Abraham crispa les doigts sur sa hanche.

— Que veux-tu dire ?

Soulagée qu'il ne puisse pas voir son visage, elle poursuivit :

— Je parle de nos rapports… personnels. Nous avons décidé qu'il était plus sage de ne pas nouer de relation intime, mais nous continuons à céder à la tentation.

Abraham s'écarta légèrement.

— Tu veux que nous vivions une liaison au grand jour ?

— Et toi ? rétorqua Nicola.

— Je n'ai pas vraiment réfléchi à la question. Durant toute la campagne, nous avons évidemment dû garder notre relation secrète et j'avoue que j'ai aimé que personne ne soit au courant. Je suis trop vieux pour entamer quelque chose de durable avec toi.

— Et si je ne partageais pas ton avis ? demanda Nicola d'une voix sourde.

— Tu y viendras quand je serai perclus de rhumatismes et que tu auras envie de sortir pour aller danser.

Avec un léger soupir, Abraham poursuivit :

— Je ne tiens pas à me remarier. J'ai tout gâché la première fois. Mes fils et ma fille te diront que j'ai été un père totalement absent. Je ne veux pas risquer de décevoir un autre enfant.

« Mais en voudrais-tu un autre ? » faillit crier Nicola.

— Nous nous ressemblons, Nicky, ajouta-t-il. Nous voulons tous les deux pouvoir satisfaire notre ambition professionnelle, réussir notre carrière sans être freinés par des obligations familiales.

Il eut un rire sans joie.

— Un conjoint et des enfants ? Autant m'attacher un bloc de béton aux pieds et me jeter dans l'océan tout de suite.

Nicola eut l'impression qu'une porte se refermait à double tour dans son cœur avec un claquement sinistre. Cette fois, c'était certain : elle allait devoir garder son lourd secret pour elle et élever leur enfant seule.

Nicola parvint à éviter Abraham durant tout le week-end, mais, le lundi matin, la routine du travail reprit ses droits.

Plus que six semaines à tenir, se répéta-t-elle pour se donner du courage tandis qu'elle poussait la porte du bureau d'Abraham. A la mi-janvier, leurs chemins se sépareraient définitivement. Le sénateur partirait pour Washington et, si tout allait bien, elle s'installerait sur la côte Ouest.

Abraham se tenait de dos, devant l'une des hautes fenêtres qui offraient une vue époustouflante sur le parc verdoyant. Elle s'accorda le luxe de le regarder durant quelques secondes. Il avait vraiment un corps parfait, avec des épaules athlétiques, des hanches étroites, des longues jambes. Rien qu'en le regardant, elle sentit le désir monter en elle.

Lorsqu'il pivota vers elle, ses résolutions faiblirent. Elle faillit courir se jeter dans ses bras. Il semblait si seul, si triste, et elle savait pourquoi. Il lui avait fait part de sa difficulté à se rapprocher de ses enfants, des remords qui empoisonnaient son cœur. Elle aurait tant voulu pouvoir l'aider.

— Bonjour, Nicola.

Sa voix profonde et caressante suffit à la faire vibrer d'émotion. Comme toujours. Elle adorait la manière dont il prononçait son nom.

— Bonjour à toi. Comment avance le déménagement ?

— Mal. J'ai donné sa journée à ma secrétaire quand elle m'a appris que le goûter de Noël de sa fille avait lieu aujourd'hui.

— Tu es le plus gentil des patrons, déclara Nicola avec un sourire attendri.

Abraham soupira longuement.

— J'ai surtout pensé à tous les goûters de Noël que j'avais manqués quand mes enfants étaient petits ! Culpabilité quand tu nous tiens…

— Tu pourrais y remédier.

— C'est un peu tard. Je doute que Marcus ait envie de faire des bonshommes en pain d'épice et de les accrocher au sapin !

Nicola rit malgré elle en imaginant le père et le fils dans la pâte à gâteaux jusqu'aux coudes.

— Je ne pense pas que ça te plairait non plus. Mais tu pourrais essayer de passer du temps avec chacun de tes enfants avant ton départ pour Washington.

— J'aimerais bien, mais je sais qu'ils voudront me poser des questions gênantes. Marcus a fait une tentative l'autre jour.

— Des questions à quel sujet ? demanda-t-elle en s'installant dans son fauteuil habituel.

Abraham s'approcha et lui tendit une tasse de thé qu'il venait de lui servir.

— Sur la raison pour laquelle je n'étais pas souvent à la maison. Sur leur mère…

— Lui as-tu dit la vérité ?

Abraham lui avait parlé de son mariage, du mépris de son épouse pour les militaires, de sa frustration quand il avait compris qu'il ne serait jamais le mari qu'elle voulait.

— En partie seulement.

Il fronça les sourcils.

— Chloé était plus souvent avec eux que moi. Ce ne serait pas juste de ternir son souvenir.

Quand Nicola laissa échapper un rire de dérision, il haussa les sourcils.

— Quoi ?

— Même si ta femme avait des qualités, je ne pense pas qu'elle mérite d'être élevée au rang de martyre. Et puis Marcus est un grand garçon. Il n'a pas besoin que tu le protèges de la vérité. S'il comprenait ce qui a fait de toi le champion de la réussite, cela l'aiderait peut-être.

— Le champion de la réussite ? répéta Abraham d'une voix teintée d'incrédulité.

D'autres personnes auraient été intimidées par sa mine sombre, mais pas Nicola.

— S'il y avait une photo près du mot réussite dans l'encyclopédie, ce serait la tienne, expliqua-t-elle.

Il secoua la tête.

— Je crois que tu perds ton objectivité quand il s'agit de moi ! Et puis je pourrais te retourner le compliment. Tu ne chômes jamais, toi non plus.

— Si, je peux ! affirma Nicola. Je peux, par exemple, dormir jusqu'à 7 heures du matin

— Moi aussi, quand j'ai une bonne motivation, dit-il en la toisant d'un regard appréciateur.

Elle sentit l'électricité familière crépiter entre eux. Seigneur ! Alors même que l'odeur de café frais lui donnait la nausée, elle frémissait de passion contenue.

— J'ai dit dormir, précisa-t-elle sèchement, pas paresser au lit. Pour en revenir à tes enfants, je pense vraiment que tu devrais leur réserver une place dans ton planning.

— Je vais y réfléchir.

Abraham s'assit près d'elle et porta sa tasse de café à ses lèvres.

— As-tu pu régler les affaires personnelles qui te préoccupaient ?

Elle hocha la tête. Tout était arrangé : elle prenait ses vitamines, elle se reposait le plus possible, elle combattait ses nausées en buvant du thé à la place du café, et elle avait établi un plan d'action pour limiter ses contacts avec Abraham.

— Tu ne vas pas me dire de quoi il s'agit ? insista celui-ci, irrité par son silence.

Evitant son regard, elle haussa les épaules.

— C'est banal et ennuyeux.

Il posa une main possessive sur son bras.

— Quand il s'agit de toi, rien n'est banal ou ennuyeux.

Ignorant les frissons qui couraient sur sa peau depuis qu'Abraham y avait posé la main, elle se dégagea et s'efforça de prendre un ton léger.

— Tu es le roi des flatteurs.

— Tu sais que c'est faux.

Abraham était effectivement réputé pour son honnêteté et sa franchise. Mais Nicola était bien placée pour savoir que certaines vérités faisaient mal à entendre. Son cœur saignait encore quand elle se rappelait avec quelle fermeté il avait déclaré ne pas vouloir se remarier ni avoir d'autres enfants

— Est-ce que tu vois quelqu'un d'autre ?

Cette question la prit au dépourvu.

— Non, pourquoi ?

— Tu te raidis quand je te touche. Et tu m'as évité tout le week-end.

Elle ne pouvait pas nier l'évidence.

— Tu vas partir bientôt, je pensais qu'il valait mieux reprendre nos distances, nous habituer à ne plus vivre continuellement l'un avec l'autre.

Et surtout, elle savait qu'elle ne pourrait pas garder la tête froide et contrôler ses sentiments s'ils continuaient à être amants.

— C'est hors de question. Je veux t'emmener à Washington.

— Je ne viendrai pas.

Abraham passa la main dans ses cheveux et soupira longuement.

— Si j'étais raisonnable, je sais que je ne devrais pas insister. J'ai toujours pensé que tu devais trouver quelqu'un de ton âge.

Et si elle, elle était sensée, elle le laisserait penser qu'il était trop vieux pour elle… Mais comme chaque fois qu'il mentionnait leur différence d'âge, Nicola sentait la moutarde lui monter au nez et elle était incapable de se taire.

— C'est vrai, tu es vieux, ta mémoire flanche, ta vue et ton ouïe baissent. Physiquement, tu es sur le déclin, et sexuellement, tu n'es plus comme avant.

Se mordant les joues pour ne pas rire devant son air outragé, elle poursuivit :

30

— Heureusement que je ne t'ai pas connu quand tu étais jeune. Je n'aurais jamais pu suivre le rythme !

Abraham éclata de rire. L'humour pétilla dans ses beaux yeux bleus.

— Tu as toujours eu une langue bien pendue !

Elle soupira intérieurement. Il était tout simplement trop séduisant.

— Raison de plus pour ne pas m'entraîner à Washington.

Elle sortit son agenda électronique de sa poche, désireuse de changer de sujet.

— Voyons quel est ton programme aujourd'hui. Gala des Mères Noël et réunion avec les représentants des artisans cet après-midi. Nous devrions partir vers…

Elle s'interrompit quand une large main chaude recouvrit la sienne. Levant les yeux, elle reçut de plein fouet l'intensité du regard de son interlocuteur

— Nicky, je suis sérieux, je te veux à Washington avec moi. Je suis prêt à tout pour te convaincre de me suivre.

La détermination peinte sur le visage viril l'emplit d'appréhension. Quand Abraham Danforth avait quelque chose en tête, il atteignait toujours son but, elle l'avait constaté à maintes reprises. Elle devait lui opposer un refus sans appel. Immédiatement.

A sa grande surprise, les mots ne lui vinrent pas. Six semaines, se répéta-t-elle en silence. Elle devait tenir six semaines. Ensuite, elle s'installerait sur la côte Ouest et elle n'aurait plus à voir Abraham chaque jour, à devoir résister à son charme… irrésistible.

— Je veux te soumettre une proposition, insista Abraham. Promets-moi que tu l'étudieras sérieusement. Ce serait bête de nous séparer alors que nous formons une équipe parfaite, tous les deux, tu ne crois pas ?

Il avait raison. C'était justement parce qu'ils formaient une si bonne équipe qu'elle souffrait tant à l'idée de le quitter.

2.

Le lendemain matin, Abraham venait à peine de s'asseoir derrière son bureau quand le téléphone sonna.

— Salut, papa, lança son fils aîné Ian dans le combiné. Excuse-moi de ne pas t'avoir appelé hier soir, je suis rentré tard. Mais j'ai bien eu ton message me proposant de déjeuner.

Abraham fronça les sourcils. Son message ? Quel message ? Il était sûr de n'avoir pas téléphoné à son fils.

Cependant, il allait saisir la balle au bond. L'occasion de voir Ian en tête à tête ne se présentait pas tous les jours.

— Je suis libre jeudi, dit-il après avoir consulté son semainier. Est-ce que cela te conviendrait ?

— C'est parfait.

Après un silence embarrassé, Ian demanda d'un ton hésitant :

— As-tu quelque chose de spécial à m'annoncer ?

Abraham ne cacha pas sa surprise.

— Pourquoi me demandes-tu ça ?

— Eh bien... chaque fois que tu veux me voir seul, c'est parce qu'il se passe quelque chose d'important. Par exemple, lorsque tu as voulu m'informer en début d'année que tu allais briguer le mandat de sénateur de Géorgie, ou lorsque tu as tenu à m'annoncer, en août, l'existence de ma demi-sœur Lea avant que je l'apprenne par les journaux.

Ian s'éclaircit la voix.

— Tu n'as pas découvert que tu avais un autre enfant, n'est-ce pas ?

— Seigneur, non !

Abraham leva les yeux au ciel.

— J'avais juste envie de te voir avant de partir pour Washington.

— Pourquoi ?

La surprise et la méfiance contenues dans cette question firent mesurer à Abraham le fossé qui le séparait de ses enfants. Avait-on jamais vu un fils s'interroger sur les motivations qui poussaient son père à déjeuner avec lui ?

— Parce que je le veux, c'est tout, répondit-il avec irritation.

A l'autre bout du fil, Ian rit doucement.

— C'est une bonne raison. Alors, à jeudi.

Abraham raccrocha juste comme on frappait à la porte de son bureau.

— Entrez, invita-t-il.

Nicola parut sur le seuil.

— Je n'en reviens pas, confia-t-il. Je viens juste d'avoir un appel de…

La sonnerie du téléphone retentit de nouveau.

— Une minute, Nicola, s'excusa-t-il avant de décrocher.

— Bonjour, papa, c'est Adam, se présenta son troisième fils. Il paraît que tu souhaites me voir.

Abraham réfléchit rapidement. Il y avait anguille sous roche. Ses enfants ne lui téléphonaient pratiquement jamais. Un appel de deux de ses fils en moins de cinq minutes, c'était du jamais vu ! Qui pouvait bien leur avoir laissé un message de sa part ?

Du coin de l'œil, il observa Nicola. L'air innocent de la jeune femme confirma ses soupçons.

— Je pensais déjeuner avec toi samedi ou dimanche prochain, proposa-t-il à son fils.

— Je suis désolé, Selene et moi avons déjà des projets pour tout le week-end. Disons mardi ?

— Entendu.

Abraham nota le rendez-vous sur son semainier.

— Tout va bien, papa ? s'enquit Adam.

— Oui, pourquoi ?

— Tu ne m'invites pas souvent à déjeuner. Sauf quand il se passe quelque chose de grave.

— Rassure-toi, je n'ai pas découvert que tu avais un demi-frère ou une autre demi-sœur ! s'écria Abraham avec humeur. Je voulais juste te voir un peu avant de partir pour Washington. Cela te va comme raison ?

Après silence interloqué, son fils marmonna :

— Bien sûr.

— Alors, à mardi.

Abraham raccrocha violemment et darda un regard inquisiteur sur Nicola.

— Peux-tu m'expliquer pourquoi Ian et Adam croient que je leur ai laissé un message ?

La jeune femme repoussa une mèche cuivrée derrière son oreille.

— Considère que c'est mon cadeau de Noël avec un peu d'avance.

— Tu appelles un cadeau le fait de devoir endurer un interrogatoire de la part de deux de mes enfants ?

— En fait, les autres vont t'appeler aussi, avertit-elle avec un sourire satisfait.

Abraham la foudroya du regard.

— Je déteste qu'on se mêle de ma vie privée.

— Tu peux toujours me licencier.

— Mes relations avec mes enfants ne te regardent pas.

Une brève souffrance crispa les traits de la jeune femme.

34

— Je sais, admit-elle, mais cela me fendait le cœur de te voir espérer une meilleure relation avec eux sans oser agir.

Abraham soupira longuement.

— Leurs griefs sont justifiés. Je les ai affreusement négligés toute leur vie.

— Tu as quand même fait en sorte qu'ils soient en sécurité, qu'ils reçoivent la meilleure des éducations, et tu as encouragé leur relation privilégiée avec ton frère Harold. Ils ont grandi dans la stabilité et le soutien affectif d'une famille aimante. Ce n'est pas si mal.

— Mais je n'étais pas là pour eux.

— D'accord, mais si tu pouvais refaire le passé, agirais-tu différemment ?

— A quoi bon se poser la question ?

Abraham détestait se remettre en question. Mais il savait qu'en passant un long moment en tête à tête avec chacun de ses enfants, il serait rongé par ses remords à chaque seconde.

— Tu n'es pas obligé de considérer ces déjeuners comme une montée à la guillotine, souligna Nicola. Tu pourrais les voir comme un nouveau départ.

— Tu as ouvert une véritable boîte de Pandore, accusa-t-il. Tu ne sais pas ce que c'est d'avoir un enfant.

La jeune femme pâlit sous la remarque mais elle tenta de masquer son trouble.

— J'ai compris. Tu m'as bien fait comprendre que tu m'en veux d'être intervenue. Pouvons-nous nous consacrer au travail, maintenant ?

Durant le reste de la journée, l'ambiance entre eux demeura tendue et glaciale. Abraham détestait contrarier Nicola, mais il était furieux qu'elle se soit immiscée dans ses relations avec ses enfants. En dépit de l'intimité physique, émotionnelle et intellectuelle qu'ils avaient partagée durant toute la campagne, il y avait des frontières invisibles entre eux. Nicola en avait volontairement violé une.

Chaque fois qu'il pensait aux questions que ses enfants ne manqueraient pas de lui poser, il frémissait d'appréhension et de nervosité et il devait se faire violence pour ne pas les rappeler et annuler leur rendez-vous.

Le jeudi arriva bien trop vite à son goût. Après s'être attablé face à Ian dans un restaurant à la mode du quartier historique, Abraham commanda un steak et une pomme de terre en robe des champs. Il était d'humeur à déchirer le steak, la nappe et la table avec ses dents, et pas seulement parce que ce déjeuner le mettait sur des charbons ardents. En quatre jours, Nicola ne lui avait pratiquement pas adressé la parole en dehors du travail et elle affichait une politesse glaciale en toute circonstance.

— Comment se porte D & D ? demanda Abraham pour engager la conversation avec son fils.

Quelques années plus tôt, Ian, Adam et leur cousin Jacob avaient créé une chaîne de boutiques de cafés de luxe qui connaissait un énorme succès.

— Notre chiffre est en constante augmentation, répondit Ian avec un sourire plein d'orgueil. Mais je serai plus rassuré quand les membres du cartel colombien qui tentent de nous intimider seront derrière les barreaux.

Il regarda Abraham droit dans les yeux.

— Je suis content que Marcus ait été innocenté.

Abraham hocha la tête.

— Moi aussi. Dis-moi, comment va ta délicieuse épouse ?

— Kate est en pleine forme.

Ian se frotta la joue.

— Dire que j'avais juré de ne jamais me marier ! Je n'ai pas encore compris ce qui m'est arrivé !

C'était ce qu'Abraham éprouvait quand il pensait à sa relation avec Nicola. Depuis leur rencontre, il avait l'impression d'être pris dans une tourmente brûlante et de ne plus savoir où il allait ni ce qu'il faisait.

Encore que ces derniers jours, il était plutôt confronté à un iceberg, songea-t-il avec une grimace.

— Tu fais une drôle de tête, commenta son fils. Quelque chose ne va pas ?

Abraham s'efforça de revenir au présent.

— J'ai quelques soucis, mais rien de grave. Revenons à Kate et toi. Quels sont vos projets pour Noël ?

Ian attendit que le serveur ait posé leur assiette devant eux pour répondre :

— Après de longues négociations, nous avons décidé de passer le jour de Noël à Crofthaven Manor et de nous joindre à ses parents pour le nouvel an.

Abraham rit sous cape. Connaissant le caractère bien trempé de sa belle-fille, il imaginait sans peine l'âpreté des discussions.

— J'ai comme l'impression que vous allez souvent négocier !

Ian lui retourna un large sourire.

— Je m'en réjouis d'avance.

Un long silence tomba entre les deux convives. Après avoir avalé quelques bouchées de steak, Abraham leva la tête et croisa le regard pensif de son fils.

« Et voici venir les questions », pensa-t-il avec appréhension.

— Et toi ? Gagnais-tu toujours les négociations avec maman ? demanda finalement Ian.

— Il y a gagner et gagner, biaisa Abraham.

— Pourquoi ai-je l'impression que tu évites de répondre franchement à la question ?

Son appétit évanoui, Abraham repoussa son assiette.

— Ta mère et moi n'avions pas les mêmes ambitions ni les mêmes opinions, dit-il lentement. Elle voulait que je quitte l'armée.

Ian s'adossa à sa chaise.

— Alors, tu as dû choisir entre servir ta patrie et ta famille.

Abraham fronça les sourcils et soupira.

— C'était plus compliqué que ça. J'avais beaucoup à prouver. Surtout à mon père qui soutenait que je ne ferais rien de bon dans la vie parce que je n'étais pas bon élève.

Ian écarquilla les yeux.

— C'était cruel de sa part.

Abraham haussa les épaules.

— Il était exigeant et autoritaire, mais c'est grâce à ces qualités qu'il est parvenu à développer Danforth & Co en pleine crise économique.

Il marqua une pause puis précisa :

— C'est moi qui ai décidé de m'engager dans l'armée et d'y rester. Je suis seul responsable des conséquences que ce choix a fait peser sur notre vie familiale.

Ian prit le temps de boire quelques gorgées de café avant de demander :

— Pourquoi as-tu chargé Nicola d'organiser ce déjeuner ?

— Je voulais passer du temps avec toi avant de partir pour Washington.

Ian hocha la tête.

— Je comprends.

Abraham savait qu'il n'avait pas entièrement satisfait la curiosité de son fils quant aux raisons qui l'avaient poussé à privilégier ses ambitions professionnelles au détriment de sa vie privée. Cependant, il percevait un radoucissement envers lui qui lui allégeait le cœur.

— Tu ne veux vraiment pas me dire ce qui te préoccupe ? interrogea Ian en mâchant une bouchée de steak.

Abraham le fixa avec consternation.

— Je t'ai déjà dit que je n'avais rien de spécial à t'annoncer, je voulais simplement…

Ian agita la main.

— Je ne parle pas des raisons pour lesquelles tu m'as invité à déjeuner. Je m'intéresse à ce qui te fait broyer du noir depuis que tu es arrivé.

En silence, Abraham félicita son fils pour sa perspicacité et son sens de l'observation. Pas étonnant qu'il ait si bien réussi dans les affaires.

Devait-il s'ouvrir de ses préoccupations à son fils ? Ce serait le monde à l'envers. D'un autre côté, Ian était devenu un homme fiable et responsable... Il se lança.

— Je souhaiterais que Nicola m'accompagne à Washington et continue de travailler avec moi, mais elle répète que cela ne l'intéresse pas. Je ne sais pas comment la faire changer d'avis.

Ian posa ses couverts et s'essuya la bouche.

— Tu veux qu'elle dirige ton équipe, c'est bien ça ?

Abraham plissa le front.

— Evidemment. Pourquoi ?

— Eh bien... Je me demandais si tu tenais à poursuivre votre collaboration professionnelle ou si tu avais un intérêt plus... personnel à son égard.

— Elle est trop jeune, déclara aussitôt Abraham.

Comme son fils gardait le silence, il ajouta :

— Elle devrait trouver un homme de son âge.

Mal à l'aise, il poursuivit :

— Etant donné mon incapacité à rendre une femme heureuse, je serais tout à fait stupide d'envisager une relation sérieuse avec une femme qui a presque vingt ans de moins que moi.

Après l'avoir fixé en silence durant ce qui lui parut une éternité, Ian demanda :

— Veux-tu faire ta vie avec Nicola, oui ou non ?

Cette question sans détour atteignit Abraham comme un coup de poing en plein plexus solaire. Il lui fallut quelques secondes pour reprendre son souffle.

Ian haussa les épaules.

— Bien sûr, cela ne me regarde pas, mais si tu as rencontré une femme qui te plaît vraiment, tu ne devrais pas laisser passer ta chance. Sans vouloir te manquer de respect, tu ne rajeunis pas, papa. Alors, si tu veux Nicola comme je voulais Kate, tu ferais bien de passer la vitesse supérieure pour l'attraper, sinon, tu n'auras que tes regrets à ressasser jusqu'à la fin de tes jours.

Partagé entre l'amusement et la surprise, Abraham dévisagea longuement son fils.

— Quand es-tu devenu si brutalement franc ?

Ian eut un grand sourire.

— C'est héréditaire.

Nicola descendait lentement l'escalier pour répondre à la convocation laconique qu'Abraham lui avait adressée par l'Interphone. Elle savait déjà ce qu'il voulait lui dire et elle n'était pas particulièrement pressée de l'entendre. Le déjeuner avec son fils Ian avait dû raviver son ressentiment. Il ne lui pardonnerait sans doute pas de sitôt d'avoir appelé ses enfants de sa part et à son insu.

Très bien, se dit-elle en levant le menton. Elle détestait l'avoir contrarié, mais d'un autre côté, ce différend allait faciliter leur séparation.

Son cœur se serra à la pensée que, bientôt, elle ne croiserait plus le regard profond de celui qu'elle avait aidé à devenir sénateur, et qu'elle ne verrait plus son sourire chaleureux… Elle avait encore du mal à croire qu'elle devait le quitter parce qu'elle attendait *leur* enfant. Mais ses nausées ou sa fatigue lui rappelaient constamment qu'elle ne faisait pas un cauchemar, qu'elle était bel et bien enceinte. Alors elle pensait à ce que serait sa vie de mère célibataire, et elle sentait la panique la submerger.

Elle pouvait élever son enfant seule.

Elle le ferait. Elle y arriverait.

Comme elle parvenait devant le bureau d'Abraham, ce dernier ouvrit la porte à la volée et l'attira sans ménagement à l'intérieur. L'adossant au battant, il s'empara de ses lèvres pour un baiser exigeant et torride.

40

— Merci de t'être mêlée de mes affaires.

Elle cligna des yeux.

— De quoi parles-tu ?

Le sourire radieux d'Abraham acheva de la bouleverser.

— J'ai vu Ian aujourd'hui. Nous avons passé un moment très agréable.

Nicola en aurait pleuré de soulagement. Elle avait été si tendue et nerveuse à l'idée que le déjeuner entre le père et le fils, dont elle avait été l'instigatrice, soit un fiasco.

— J'en suis heureuse.

C'était une litote. Elle était excitée, folle de joie et elle voulut tout savoir.

— De quoi avez-vous parlé ? Ian t'a-t-il posé des questions embarrassantes ?

— Nous avons abordé différents sujets, et oui, il m'a posé des questions épineuses, mais tout s'est bien passé.

Abraham sourit avec fierté.

— J'ai été étonné de constater à quel point mon fils me ressemble.

— Tu sais ce qu'on dit : la pomme ne tombe jamais loin de l'arbre.

— C'est plus ou moins vrai. Contrairement à moi, tous mes enfants ont réussi leurs études et j'en suis ravi. Je ne regrette pas d'avoir veillé à ce qu'ils aient tous de bons répétiteurs.

Nicola ouvrit de grands yeux.

— Tu as parlé de tes problèmes scolaires à Ian ?

Abraham secoua la tête.

— Je me suis contenté d'avouer que je n'avais pas été un bon élève.

— C'est déjà beaucoup.

Nicola se sentait heureuse comme jamais. Même si elle ne pouvait envisager un avenir avec Abraham, elle souhaitait pouvoir l'aider à améliorer ses relations avec ses enfants. De toute évidence, il était sur la bonne route, et c'était un peu grâce à elle.

— Je suis vraiment contente pour toi. J'ai tellement espéré que vous vous rapprocheriez.

Abraham plongea son regard intense dans le sien.

— C'est de toi que je veux me rapprocher, déclara-t-il d'une voix rauque de désir.

Frissonnant légèrement, elle recula d'un pas.

— Nous étions d'accord pour rester strictement professionnels. Tu vas bientôt partir.

Abraham la prit dans ses bras.

— C'est toi qui as décidé que nous ne pouvions pas être amants et que tu allais rester à Savannah. Si j'ai mon mot à dire, tu m'accompagneras à Washington.

Nicola eut l'impression de danser le tango avec Abraham. Chaque fois qu'elle reculait d'un pas, il en faisait deux vers elle. Comment allait-elle pouvoir échapper à la danse pour laquelle Abraham s'obstinait à l'inviter ?

Dans le salon réservé aux femmes, Nicola se passa un peu d'eau fraîche sur les poignets et sur les tempes. Le cocktail s'était révélé plus éprouvant que prévu. Pas tellement physiquement car elle se sentait en pleine forme outre les nausées matinales dont elle était victime, mais nerveusement, du fait qu'elle avait dû, en bonne directrice de campagne chargée des relations publiques, rester à côté d'Abraham et qu'elle ne pouvait pas ignorer la tension qui s'était installée entre eux. Mais la soirée n'était pas finie. Abraham venait de lui annoncer qu'il comptait bien l'emmener au restaurant. Et malgré son envie de fuir, elle ne pouvait pas, une fois de plus cette semaine, prétexter une migraine ou une fatigue sans éveiller les soupçons d'Abraham sur sa santé. Et s'il y avait bien une chose qu'elle ne voulait pas, c'est qu'il se doute de son état ! Elle jeta un dernier coup d'œil au miroir, remit une mèche de cheveux en place et sortit à l'air libre retrouver Abraham qui l'attendait déjà, installé à l'arrière de la limousine conduite par son chauffeur.

Lorsqu'ils arrivèrent devant l'établissement sélect et à l'ambiance romantique, Nicola remarqua qu'il était déjà bondé et eut l'espoir un instant qu'elle allait pouvoir éviter de se retrouver en tête à tête avec Abraham. Mais son soulagement fut de courte durée ! Dès que le maître d'hôtel reconnut Abraham Danforth, il leur trouva comme par magie une table tranquille avec une vue féerique sur la rivière.

— Désirez-vous un apéritif ? demanda leur serveur lorsqu'ils furent assis.

— Veux-tu un verre de vin ou une flûte de champagne ? proposa Abraham.

Nicola secoua aussitôt la tête. Boire de l'alcool pendant la grossesse était totalement contre-indiqué.

— J'ai très soif. Je préfère de l'eau fraîche.

Lorsque le maître d'hôtel vint prendre leur commande quelques minutes plus tard, Nicola opta pour du poulet grillé accompagné de légumes vapeur.

— Pourquoi n'as-tu pas pris des coquillages ou un carpaccio de thon ? s'étonna Abe. Tu adores ça, d'habitude.

Elle fut secrètement flattée qu'il se souvienne si bien de ses goûts. Evidemment, il ne pouvait pas savoir que la seule idée de manger du poisson lui donnait la nausée. Ni qu'elle avait lu dans un manuel pour femmes enceintes qu'elle pouvait contracter une hépatite en consommant des coquillages…

— J'avais envie de changer un peu.

— Comme tu veux.

Abraham lui prit la main. Au comble de la surprise, elle sursauta et ouvrit des yeux ronds.

— Que fais-tu ? demanda-t-elle à voix basse en tentant de se dégager.

— Je te tiens la main. Où est le problème ?

Affolée, elle regarda autour d'eux.

— Et si quelqu'un s'en rendait compte ?

— Alors, tout le monde saura que nous sortons ensemble, dit-il si calmement qu'elle faillit tomber de sa chaise.

— Mais c'est faux, chuchota-t-elle.

Le voyant hausser les sourcils, elle corrigea :

— Enfin, pas tout à fait. Nous avons une… relation intime, certes, mais nous avions décidé de ne pas l'afficher en public.

Il secoua la tête.

— Tu ne crois pas que tu exagères ? Je te tiens la main, c'est tout. Ce n'est pas comme si je te faisais l'amour au vestiaire !

Avec un demi-sourire, il ajouta :

— Même si l'idée est très séduisante…

Les joues cramoisies, elle se saisit de son verre d'eau et en but la moitié d'une traite. Puis, voyant le serveur revenir vers leur table avec une corbeille de pain et deux assiettes de salade, elle retira sa main d'une manière abrupte.

— Tiens-toi comme il faut, ordonna-t-elle, le regard sévère.

Après le départ du serveur, elle prit une profonde inspiration et mangea quelques bouchées de salade pour se donner contenance. Soudain, elle sentit les doigts d'Abraham sur son genou. Elle lâcha sa fourchette qui tomba dans son assiette avec fracas.

Les yeux écarquillés, elle dévisagea son compagnon.

— Mais enfin, qu'est-ce qui te prend ?

Son irritation retomba d'un coup quand Abraham enlaça tendrement ses doigts aux siens sur la nappe.

— Tu me manques.

La panique et le remords lui coupèrent le souffle. Elle devait le quitter. Maintenant. Elle ne pouvait pas continuer à lui mentir ou à le laisser entretenir de faux espoirs pendant les six semaines à venir. Cependant, quelque chose en elle se refusait à prononcer les mots qui éloigneraient définitivement Abraham d'elle.

— Je dîne avec toi, il me semble, dit-elle d'un ton léger. Je ne suis partie nulle part.

Il l'enveloppa d'un regard intense.

— Je sais que je ne te suis pas indifférent. Tu as des sentiments pour moi. Pourquoi m'évites-tu, tous ces derniers temps ?

« Parce que je ne te mérite pas. Parce que j'attends ton enfant. Parce que si cela se sait, tu en souffriras. Je ne veux pas te faire mal. »

Au prix d'un gros effort, elle parvint à contenir ces réponses dictées par son cœur et s'apprêta au combat :

— Je te l'ai dit, étant donné que tu vas bientôt partir, je pense qu'il vaudrait mieux espacer…

« Nos étreintes excitantes. Plus je te vois en tête à tête, plus j'ai envie de rester auprès de toi, pour toujours. »

Elle s'interrompit et toussota.

— … nos relations personnelles.

— Je ne suis pas d'accord.

Le ton ferme d'Abraham indiquait qu'il n'était nullement disposé à se rendre à ses arguments.

— Je pense au contraire que nous devrions profiter au maximum du temps qui nous reste à passer ensemble. Surtout si tu ne m'accompagnes pas à Washington.

Après une pause emphatique, il ajouta :

— Mais pour ta gouverne, sache que je compte faire de mon mieux pour que tu changes d'avis.

La détermination qui brillait dans son regard bleu emplit Nicola d'appréhension. Elle sut que se conformer aux résolutions de sagesse qu'elle avait prises et mettre son plan de bataille à exécution ne serait pas ardu. Cela allait carrément relever de l'exploit.

3.

Nicola venait de s'asseoir avec Abraham à l'arrière de la limousine qui devait les conduire à un meeting de l'association des hommes d'affaires de Géorgie quand son portable sonna.

— Excuse-moi, dit-elle en posant le texte du discours qu'elle avait préparé pour Abraham.

— Mademoiselle Granville, ici Carolyn Hopkins, se présenta sa correspondante. Votre offre sur la maison meublée de King Street a été acceptée.

Nicola eut un sourire ravi.

— Voilà une très bonne nouvelle. Quand pensez-vous que je pourrai m'y installer ?

— Quand vous voudrez, répondit affablement l'agent immobilier. J'ai déjà fait procéder au nettoyage.

— C'est parfait. J'emménagerai dès demain, répondit Nicola sans hésiter.

En entendant ces mots, Abraham, qui regardait par la fenêtre, se tourna brusquement vers elle.

— Emménager ? répéta-t-il. Quand as-tu décidé... ?

Nicola se détourna précipitamment pour éviter son regard accusateur. Elle ne s'était pas attendue à trouver un nouveau logement si rapidement et elle avait pensé avoir tout son temps pour réfléchir à la meilleure manière de lui annoncer qu'elle quittait

Crofthaven Manor. Maintenant, il était trop tard, elle allait devoir improviser.

Ce déménagement était indispensable. Elle avait de plus en plus de mal à cacher sa grossesse vingt-quatre heures sur vingt-quatre. Et à résister au charme viril et au pouvoir de séduction de celui qui lui avait fait un enfant. Leur enfant, mais qu'elle allait devoir élever seule.

Elle avait rêvé d'une séparation sans heurts, par e-mail par exemple, lorsque Abraham serait déjà à Washington et que des milliers de kilomètres les sépareraient.

— Merci beaucoup, mademoiselle Hopkins, conclut-elle précipitamment. Je passerai vous déposer le chèque de caution demain matin.

Après avoir rangé son portable dans son sac, elle évita soigneusement le regard d'Abraham et se saisit du texte du discours d'une main tremblante.

— Ton auditoire de ce soir sera surtout intéressé par ta position sur les exemptions ou reports de taxes pour les jeunes entreprises et par...

Abraham refusa de se laisser distraire.

— Pourquoi déménages-tu, coupa-t-il avec irritation. Et quand pensais-tu m'en informer ? Après ton départ ? Par e-mail, peut-être ?

Nicola détestait quand il lisait en elle à livre ouvert.

— Si tu te souviens bien, je me suis installée à Crofthaven Manor parce que nous travaillions seize heures par jour et que j'ai failli m'endormir plusieurs fois au volant en rentrant à mon hôtel.

Comme il ouvrait la bouche pour protester, elle se hâta d'enchaîner :

— La situation est différente maintenant. Nous ne sommes plus débordés de travail. Je n'ai plus aucune raison d'habiter chez toi.

Abraham secoua la tête.

— Je croyais que tu te plaisais à Crofthaven Manor.

Elle se mordit la lèvre. Comment aurait-elle pu ne pas apprécier une demeure si riche en histoire alors qu'elle n'avait jamais passé plus de dix-huit mois dans la même famille ou dans le même foyer d'accueil ?

— J'adore ta maison, affirma-t-elle du fond du cœur.

— Alors pourquoi es-tu si pressée de partir ?

— Il n'est pas convenable que j'habite chez toi maintenant que la campagne est terminée.

Abraham secoua la tête.

— Comme tu as pu le remarquer, la maison est grande même si je la partage avec mon frère Harold et sa femme. Et puis, ce n'est pas comme si tu passais toutes tes nuits dans ma chambre ou moi dans la tienne.

Nicola rougit violemment alors que des bribes de souvenirs torrides défilaient dans son esprit. Il était vrai qu'ils n'avaient pas passé beaucoup de temps ensemble dans un lit ou dans une chambre. Leurs étreintes avaient toujours été imprévues, motivées par des accès de passion irrépressible. Ils avaient fait l'amour dans le bureau d'Abraham, ou à l'arrière de la limousine, un soir comme celui-ci…

La gorge sèche, elle prit une bouteille d'eau dans le bar et se remplit un verre qu'elle but d'une traite. A son grand soulagement, le chauffeur les arrêta bientôt devant l'entrée de l'hôtel où se tenait le meeting.

— Nous voici arrivés ! s'écria-t-elle avec un entrain forcé en rangeant ses documents dans son attaché-case.

Abraham emprisonna sa main tremblante entre les siennes.

— Nicky, que se passe-t-il ? demanda-t-il en la scrutant intensément. Tu n'es pas toi-même ces derniers jours.

Pour combattre sa panique, elle se répéta que même s'il était d'une perspicacité peu commune en ce qui la concernait, il ne pouvait pas savoir qu'elle était enceinte, sauf si elle trouvait le courage de le lui apprendre.

Ce qu'elle n'avait pas l'intention de faire.

— J'essaie de m'adapter à une situation nouvelle. L'excitation de la campagne est retombée, tu te prépares à partir pour Washington. Alors, je prends le temps d'évaluer mes options.

Elle pensait que ces paroles rationnelles allaient convaincre son interlocuteur, mais il n'en fut rien. Abraham rit doucement et secoua la tête !

— Balivernes !

Il porta sa main à ses lèvres.

— Tu me fuis. Et je me demande bien pourquoi.

« Tu ne veux pas savoir, cria-t-elle en silence. Crois-moi, il vaut mieux que tu l'ignores le plus longtemps possible. »

— Dépêchons-nous, sinon, nous serons en retard, dit-elle en retirant sa main pour tapoter le cadran de sa montre.

A leur entrée dans l'hôtel, un représentant de l'association des hommes d'affaires leur souhaita la bienvenue et les escorta jusqu'au salon où Abraham devait prononcer son discours.

— Mesdames et messieurs, annonça le président de l'assemblée, j'ai l'honneur et le plaisir d'accueillir notre nouveau sénateur, Abraham Danforth.

Le tonnerre d'applaudissement qui salua cette annonce suscita la fierté et l'émotion de Nicola. Son client, car c'est ainsi qu'elle voulait le considérer à partir de maintenant, avait travaillé dur, il méritait le respect de tous.

— Ce genre d'accueil pourrait me monter à la tête, lui murmura Abraham au creux de l'oreille. Heureusement que tu es là pour me faire garder les pieds sur terre.

Elle sentit son cœur se serrer.

— Tu n'as pas besoin de rester sur terre. Tu voles déjà vers les hautes sphères.

— Nous en reparlerons plus tard, chuchota Abraham en agitant le bras en direction de la foule.

Un sourire de circonstance figé aux lèvres, Nicola se promit de faire en sorte que cette discussion n'ait jamais lieu.

Même si elle savait que quitter Crofthaven Manor était la meilleure solution, Nicola avait le cœur lourd tandis qu'elle faisait ses bagages sans enthousiasme le lendemain matin de la conférence où le discours d'Abraham avait fait mouche.

Enveloppée dans un peignoir moelleux brodé au monogramme des Danforth, les cheveux encore humides après une longue douche tiède destinée à dissiper sa fatigue, elle sortait T-shirts, chemisiers et pantalons de la penderie et les pliait soigneusement dans sa valise en songeant que cette activité lui rappelait son adolescence, quand elle était constamment ballottée de foyer en famille d'accueil.

Elle savait qu'elle n'avait pas été responsable de ces changements répétés, que ce n'était pas parce qu'elle était trop difficile à vivre qu'on l'avait envoyée ailleurs. Toutes les familles qui l'avaient hébergée avaient apprécié sa politesse, sa docilité et sa serviabilité, mais chaque fois, elle avait joué de malchance : le couple divorçait, le mari avait perdu son emploi ou devait s'installer dans une autre ville pour son travail, la femme voulait se rapprocher de ses parents… Et, en dépit de toutes les assurances qu'on avait pu lui donner, Nicola s'était sentie rejetée, mal aimée. Encore maintenant, alors qu'elle allait de la penderie à sa valise ouverte sur le lit, le souvenir de tous ses déménagements forcés lui donnait envie de pleurer.

Cette fois, c'était différent, se répéta-t-elle en serrant les dents pour contenir ses larmes. Abraham ne la rejetait pas. Au contraire, il voulait qu'elle reste.

Cependant, s'il apprenait qu'elle portait son enfant, il serait sans doute ravi de l'aider à faire ses valises.

A cette pensée, son estomac se souleva. Se laissant tomber sur un fauteuil devant la cheminée de sa chambre, elle prit un biscuit salé, qui l'aidait à dompter ses nausées, sur la table basse.

Tout en frottant ses pieds nus dans l'épaisse moquette blanche, elle regarda autour d'elle. Sa suite comme toute la maison respirait le luxe discret et l'élégance raffinée. L'austérité des meubles anciens était atténuée par une méridienne et des fauteuils recouverts de chintz assortis aux rideaux et au couvre-lit. Le soleil entrait à flots par les fenêtres qui ouvraient sur le parc paysagé et plus loin sur une colline boisée qui descendait en pente douce jusqu'à la mer. Chaque jour, des bouquets de fleurs fraîches étaient disposés sur la commode, le plateau du secrétaire et la table basse. Le grand lit était si confortable que même la Princesse au petit pois des contes pour enfants n'aurait pu trouver à redire. Et l'ensemble du personnel était efficace, attentif et zélé. Nicola se souvenait encore du jour où elle avait vexé et choqué la gouvernante en préparant elle-même son petit déjeuner.

Elle sourit avec amertume. La fillette née hors mariage dans un coin perdu de la campagne géorgienne avait fait du chemin ! Crofthaven Manor était à des années-lumière de la ferme décrépite où elle avait grandi.

N'importe qui se serait habitué facilement à tant de confort et de splendeur. Mais pas elle. Elle n'avait jamais oublié que son installation dans la grande suite du premier étage n'était que temporaire. Comme tant de choses dans sa vie : ses familles d'accueil, les foyers où elle avait résidé. Et même son métier qui la faisait passer d'une mission de relations publiques à une autre, d'un employeur à un autre.

Ce n'était pas le luxe de Crofthaven qui l'avait séduite. C'était l'histoire qu'abritaient les murs de pierre. Des générations de Danforth avaient ri et pleuré dans cette maison. Même si Abraham avait l'impression d'avoir failli à son devoir de père, il avait donné à ses enfants un endroit où établir leurs racines, un sentiment d'appartenance. Ils portaient un nom prestigieux, ils savaient qui ils étaient. Ils avaient chacun leur place dans leur famille. Où qu'ils soient et où qu'ils aillent, ils ne se sentiraient jamais seuls.

Elle, en revanche, avait pratiquement toujours été seule dans sa vie et dans son cœur. Cela allait changer. Elle passa une main protectrice sur son ventre. Bientôt, elle aurait quelqu'un sur qui veiller, elle ferait de son mieux pour être tout ce dont son enfant aurait besoin.

Un léger coup à sa porte la tira de ses pensées. C'était probablement la gouvernante qui venait lui proposer une tasse de thé.

— Entrez.

Son cœur bondit lorsqu'elle vit Abraham venir vers elle de son pas souple. Grand, imposant, sûr de lui et séduisant, il était tout ce qu'elle avait rêvé de trouver chez un homme sans vraiment en avoir conscience.

Après l'avoir toisée d'un regard qui la fit frémir d'embarras et lui fit prendre conscience de la légèreté de sa tenue, il remarqua sa valise sur le lit et fronça les sourcils.

— Tu as tort de déménager, déclara-t-il. Si tu viens à Washington…

— Je n'en ai pas l'intention.

Un muscle palpitant sur sa mâchoire, il insista :

— Même si tu comptes rester à Savannah, tu n'as pas besoin de quitter Crofthaven Manor immédiatement.

La tête penchée sur le côté, il la dévisagea attentivement.

— Détestes-tu ma maison à ce point ?

Elle écarquilla les yeux.

— Comment le pourrais-je ? Tout y est splendide et très agréable.

Il haussa les épaules.

— Elle peut sembler austère aussi. Mes enfants ont toujours détesté son côté guindé. Et j'avoue que parfois, mon frère et moi n'y étions pas à notre aise non plus.

— Crofthaven Manor est une demeure fabuleuse, pourtant, et pas seulement parce que c'est un chef-d'œuvre d'architecture ou parce qu'elle contient des meubles d'époque ou des tableaux de maître. Ce qui fait sa valeur, c'est qu'elle est le berceau de ta famille depuis des générations.

— Tu attaches beaucoup d'importance à la famille, commenta Abe. Pourtant, tu ne m'as jamais parlé de la tienne.

Nicola agita la main d'un air insouciant.

— Elle était très différente des Danforth.

— « Différent », cela ne veut pas dire moins bien ou pire.

— Dans mon cas, si.

Abraham tenta une autre approche.

— Il me semble me souvenir que tu es fille unique.

— C'est exact.

— Où habitent tes parents ?

— Ma mère est morte quand j'avais dix ans.

Intrigué par le ton détaché de Nicola et son visage fermé, Abraham s'approcha d'elle et plongea son regard dans le sien.

— C'est ton père qui s'est occupé de toi ?

— Non.

Nicola était terriblement mal à l'aise. La seule chose qu'elle savait de son père était qu'il avait disparu de sa vie bien avant que sa mère tombe malade.

— Pourrions-nous changer de sujet, s'il te plaît ?

L'expression d'Abraham lui indiqua qu'il était loin d'avoir satisfait sa curiosité.

— Tu n'as pas à craindre que je te critique, assura-t-il. Mes échecs et mes erreurs de jugement sont connus. Si je te pose ces questions, c'est parce que je me suis aperçu que je t'ai raconté beaucoup d'événements de ma vie alors que j'ignore pratiquement tout de toi.

Lorsque Nicola se perdit dans son regard saphir, elle eut l'impression de tomber d'une falaise.

— Tu en sais bien assez comme ça, murmura-t-elle.

Il secoua la tête.

— Ces derniers mois, j'ai eu l'occasion d'admirer tes qualités. Tu es attentionnée, spirituelle, forte, pleine de vie et de ressources. Mais je sens qu'il y a plus que ça en toi. Je n'ai pas encore trouvé ton point faible.

— Je préfère le garder pour moi.

Diriger la campagne d'Abraham avait été une tâche passionnante et excitante ; chaque jour, ils avaient relevé de nouveaux défis, résolu des crises dans l'urgence. Nicola avait toujours pensé qu'ils étaient devenus amants en réaction au stress qu'ils subissaient. Mais la tendresse contenue dans le regard de son compagnon et l'intérêt accru qu'il lui portait depuis qu'il avait été élu la conduisaient à se demander s'il n'y avait pas quelque chose de plus profond entre eux.

— Je peux te protéger de tes défauts, déclara Abraham d'une voix rauque et sensuelle qui la fit frissonner.

Elle se força à sourire.

— Merci, mais c'est inutile. Je suis une grande fille.

— Je ne peux pas te contredire.

Il l'enveloppa d'un long regard appréciateur.

— Mais ne confonds pas désir et besoin. Une grande fille n'a pas forcément à se contenter de ce dont elle a besoin. Elle peut aussi avoir ce qu'elle désire.

Se penchant sur elle, il effleura ses lèvres d'un baiser léger et tentateur qui donna le vertige à Nicola et fit déferler la lave de la passion dans ses veines.

Il avait la saveur d'une sucrerie : délicieuse et interdite. Mais elle devait se mettre au régime sec.

A sa grande surprise, Abraham se redressa abruptement.

— Que veux-tu, Nicky ?

Le cœur battant à tout rompre, elle prit une profonde inspiration pour retrouver son calme, mais elle le regretta aussitôt. Le parfum épicé de l'after-shave masculin agit sur ses sens comme un puissant aphrodisiaque, lui donnant envie d'enfouir le visage dans le cou d'Abraham et de se blottir dans ses bras.

Rassemblant sa raison chancelante, elle secoua la tête et recula.

— Souvent, ce que nous voulons n'est pas bon pour nous, dit-elle, le souffle court. Tu es comme les chocolats. En manger trop fait grossir.

— La différence c'est que moi je suis sans sucre, répliqua Abe. Tu peux me savourer et me croquer tant que tu veux, tu ne prendras pas un gramme.

Elle ravala un rire nerveux. Comment aurait-il pu se douter que le fait d'avoir cédé à la tentation avec lui allait lui faire prendre au moins dix kilos ?

Assis dans un box du D & D, Abraham regardait sa tasse de café d'un air morne. Ignorant ses objections, Nicola avait quitté Crofthaven Manor pour s'installer près du quartier historique de Savannah. Et, pour la première fois depuis près d'un an, il avait passé un week-end entier sans la voir et il en avait détesté chaque seconde.

Tout en s'asseyant face à lui, son fils Adam regarda les clients massés devant le comptoir et sourit avec satisfaction.

— Notre mélange spécial Noël est un franc succès. Il se vend si vite que nous avons du mal à en préparer assez pour répondre à la demande des consommateurs.

Il regarda son père.

— Justement, comment le trouves-tu ?

— Pas mauvais du tout, répondit Abe. J'aime bien cette note parfumée. C'est de la cannelle ?

— Exact.

— Ouf ! On dirait que mes papilles ne sont pas encore toutes mortes.

Adam le dévisagea avec inquiétude.

— Tu as un problème de santé ?

— Seulement la vieillesse.

Abraham soupira longuement.

— Avec l'âge, les papilles gustatives meurent, l'ouïe diminue, les cheveux blanchissent ou tombent, on est moins solide sur ses jambes.

Adam hocha la tête d'un air entendu.

— Cette discussion a un rapport avec Nicola, je suppose.

Abraham ouvrit de grands yeux.

— Pourquoi dis-tu ça ?

Son fils haussa les épaules.

— Ian m'a appris que ton attachement à ta directrice de campagne n'était pas uniquement professionnel.

— Nicola a presque vingt ans de moins que moi.

— C'est vrai, mais tu as toujours entretenu ta forme et ton physique, tu fais beaucoup moins que ton âge. Et puis, Nicola n'est peut-être pas attirée par les hommes de son âge.

— Elle devrait l'être, marmonna Abraham en buvant quelques gorgées du mélange spécial Noël.

— Qui essaies-tu de convaincre ? Toi ou moi ? demanda Adam avec impatience. Si le but de ce déjeuner était d'avoir ma bénédiction pour une relation avec Nicola, tu l'as.

Abraham en resta coi.

— Je voulais simplement te voir en tête à tête avant mon départ. Pourquoi penses-tu que je voulais te parler de Nicola ?

— D'après Ian, elle t'obsède.

— Qu'est-ce que ton frère t'a raconté d'autre ?

— Il m'a parlé de la mésentente entre maman et toi.

Abraham leva les yeux au ciel.

— Ne me dis pas qu'il a également appelé Reid, Marcus et Kimberly pour leur faire un compte rendu de notre discussion.

— Bien sûr que si ! répondit Adam. Nous avons rarement une conversation intime avec toi, alors si l'un de nous a la chance d'entrevoir un coin de ton jardin secret, il s'empresse de le partager avec les autres.

— Je suis tellement inaccessible ?

— Oui et non.

Adam écarta les bras.

— Nous avons tous grandi dans la peur de te décevoir, de ne pas être à ta hauteur. J'étais stupéfait quand Ian m'a appris que tu n'avais pas été un élève brillant. Mais en même temps, j'ai été soulagé. C'est rassurant de savoir que tu n'es pas parfait.

— C'est ce que m'a dit Nicola quand elle a découvert que j'étais dyslexique.

Ce soir-là, en pleine campagne électorale, il était tellement épuisé qu'il ne parvenait pas à lire le discours que sa directrice de campagne venait de rédiger pour lui.

Adam ouvrit des yeux grands comme des soucoupes.

— Tu es dyslexique ?

— Oui, avoua Abraham avec embarras. Tu ne peux pas savoir à quel point j'avais peur que vous ayez les mêmes difficultés d'apprentissage. C'est pour cela que j'ai veillé à ce que vous ayez les meilleurs répétiteurs.

— Je m'étonne qu'oncle Harold ne nous l'ait jamais dit.

Adam but une gorgée de café.

— Il ne voulait sans doute pas casser le mythe de l'homme d'affaires à qui tout réussit. Ce serait bien de mon frère.

— Alors comme ça, Nicola a trouvé le défaut de ta cuirasse.

Abraham hocha la tête et Adam posa sa main sur le bras de son père.

— Cette femme est vraiment exceptionnelle ! Tu serais idiot de la laisser partir. Fais comme moi : j'ai déployé des trésors d'astuce et de créativité pour garder Selene.

Abraham ne put contenir sa curiosité.

— Comment t'y es-tu pris pour gagner son cœur ?

De la tête, Adam indiqua le grand tableau de liège où les clients pouvaient laisser des annonces.

— Je lui ai laissé un message sur le tableau d'affichage… Si tu savais combien d'histoires d'amour sont nées ici ! Puis je lui ai fait visiter le quartier historique de nuit en lui racontant les légendes et les histoires de fantômes qui s'y rattachent. Et puis je lui ai offert des fleurs et puis mon cœur, et je ne l'ai pas quittée d'une semelle, même si elle passait son temps à me dire que nous ne devions pas sortir ensemble, parce qu'elle était la fille de ton rival politique. Et tu vois, cela a marché !

Abraham secoua la tête. Ces dernières années, ses relations avec les femmes ressemblaient plus à des contrats d'affaires qu'à des romances. Il n'était jamais question de sentiments.

Avec Nicola cependant, c'était différent.

Effaré par cette constatation, il préféra se concentrer sur sa conversation avec son fils.

— Assez parlé de moi, marmonna-t-il. Où en es-tu de tes projets de mariage ?

— Au cas où tu aurais oublié de le noter sur ton agenda, je te rappelle que Selene et moi nous marions le 12 décembre à 19 heures.

Le sarcasme contenu dans la voix d'Adam blessa Abraham. Son fils pensait qu'il avait plus important à l'esprit que son mariage.

— Rassure-toi, je ne l'avais pas oublié, dit-il en s'efforçant au calme. Comment évoluent les relations de Selene avec son père ?

Nul n'ignorait que la fiancée d'Adam en voulait énormément à son père d'avoir tenté de l'utiliser pour servir ses ambitions politiques lorsqu'il s'était présenté contre Abraham aux élections sénatoriales. Selene et son père n'avaient jamais été très proches. Incapable de surmonter son chagrin d'avoir perdu son épouse, John Van Gelder avait envoyé sa fille en pension en Suisse dès son plus jeune âge. Cependant, depuis que Selene et Adam avaient décidé de se marier, il s'efforçait de se faire pardonner.

Le regard d'Adam s'adoucit.

— Ils s'entendent de mieux en mieux. C'est gentil à toi de t'inquiéter.

— Il est de tradition que les parents du marié offrent le voyage de noces, mais je suis sûr que Selene et toi avez déjà tout organisé.

— Bien sûr.

— Je m'en doutais.

Tout en parlant, Abraham sortit une enveloppe de sa poche.

— Voilà pourquoi j'ai décidé de vous faire un cadeau sous forme d'une île.

Adam le fixa avec stupeur et incrédulité.

— Pardon ?

— Je vous ai acheté une île dans les Caraïbes. On dit que c'était un repaire de pirates. Etant donné que tu es fasciné par l'histoire et les légendes, j'ai pensé que ce cadeau de mariage te plairait.

Adam parcourut rapidement le contrat et la carte contenus dans l'enveloppe.

— Mais c'est beaucoup trop, papa ! protesta-t-il.

— Rien ne pourra compenser le fait que je n'ai pas pris le temps de m'occuper de vous tous toutes ces années. Mais je tenais à te faire un cadeau et à te dire que je suis fier de toi.

Le regard d'Adam alla des documents à son père.

— C'est une idée de Nicola ?

Abraham baissa les yeux. A sa grande honte, il devait bien s'avouer qu'il avait failli charger Nicola d'acheter le cadeau de mariage de son fils.

— Nicola avait suggéré un voyage à Venise ou un chèque. Je voulais quelque chose de plus personnel.

Adam écarta les mains devant lui.

— Je ne sais pas quoi dire.

— Il n'y a rien à dire. Je suis désolé de ne pas avoir été là pour toi quand tu étais enfant. Maintenant, tu es un homme et tu as réussi par tes seuls mérites. Si toutefois un jour tu as besoin de quoi que ce soit, je serai fier que tu m'appelles.

Adam considéra son père avec méfiance.

— A quoi dois-je ce changement d'attitude ?

Abraham eut la gorge serrée en pensant à tous les bouleversements intervenus dans sa vie depuis un an.

— Toute ma vie, j'ai cru escalader des montagnes de plus en plus hautes, chacune représentant un nouveau défi, mais dernièrement, je me suis aperçu qu'en fait, je fuyais mes échecs de père et de mari. Or, on ne peut réparer quelque chose qu'on est incapable d'affronter.

— Il est un peu tard, rétorqua Adam plutôt sèchement.

Abraham baissa la tête.

— Je sais, mais je si je n'essayais pas, je ne pourrais plus me regarder dans une glace.

Après un long silence, Adam esquissa un sourire et murmura :

— Je croyais qu'on ne pouvait pas apprendre à un vieux singe à faire la grimace. Je me suis peut-être trompé, finalement.

Abraham avait su qu'il faudrait bien plus qu'un déjeuner ou un cadeau, quelle qu'en soit la munificence, pour que son fils oublie sa méfiance et son ressentiment. Mais au moins, Adam semblait lui accorder le bénéfice du doute et lui laissait une chance d'être plus proche de lui à l'avenir.

— Merci d'avoir trouvé le temps de déjeuner avec moi, Adam. Je sais que tu es très pris avec la gestion de ta chaîne de cafés.

— J'ai été heureux de te voir. Nous devrions essayer de déjeuner ensemble plus souvent.

Cette proposition emplit Abraham d'allégresse.

— Cela me ferait très plaisir. Compte sur moi.

— Encore une chose…

Adam se frotta le menton.

— Pour en revenir à Nicola, il faut que tu décides d'une stratégie.

Désarçonné par ce brusque changement de sujet, Abraham plissa le front.

— Que veux-tu dire ?

— Vois ta relation avec elle comme une élection. Si tu veux Nicola, tu dois te battre de toutes tes forces pour la conquérir.

4

Abraham avait décidé de limiter ses obligations sociales et ses apparitions publiques durant tout le mois de décembre, autant pour se remettre du stress de la campagne que pour profiter de la compagnie de Nicola.

Il avait prévu des dîners dans des petits restaurants de campagne ou du bord de mer, des soirées tranquilles au coin du feu dans la bibliothèque de Crofthaven Manor, mais comme la jeune femme avait déménagé et trouvait toujours un prétexte ou un autre pour décliner ses invitations, il se vit contraint de changer son fusil d'épaule.

— Je dois me rendre à Atlanta pour assister à une réception donnée par le gouverneur, l'informa-t-il alors qu'ils partageaient le petit déjeuner rituel dans son bureau. J'aimerais que tu m'y accompagnes.

Constatant que son interlocutrice se contentait d'une tasse de thé et ignorait les muffins et les beignets disposés sur le plateau, il demanda :

— Tu n'es pas au régime, j'espère ? Tu n'en as vraiment pas besoin.

— Perdre quelques kilos ne me ferait pas de mal.

Elle s'éclaircit la voix et ajouta :

— Mais merci pour le compliment.

— Je suis sincère. Tu n'as pas un gramme de trop, déclara-t-il en parcourant ses courbes sensuelles d'un regard admiratif.

Il n'y avait pas si longtemps, ces seins ronds avaient rempli les paumes de ses mains, imprimé leur douce chaleur sur son torse… Rien qu'à ce souvenir, il sentit son ventre se durcir.

— Tu es parfaite.

Nicola détourna les yeux.

— Merci.

Après avoir bu quelques gorgées de thé, elle demanda :

— Quand a lieu cette réception ?

— Samedi.

Elle faillit s'étrangler.

— *Ce* samedi ? Dans deux jours ?

Abraham confirma d'un signe de tête.

— En fait, c'est la traditionnelle soirée de Noël : un dîner suivi d'un bal qui risque de se terminer fort tard. Je vais demander à ma secrétaire de nous réserver un hôtel à Atlanta.

— C'est inutile.

La nervosité qui perçait dans la voix de Nicola le réjouit et l'irrita à la fois.

— Je ne tiens pas à regagner Savannah à 5 ou 6 heures du matin. Nous avons déjà passé trop de nuits blanches pendant la campagne.

Nicola le regarda droit dans les yeux.

— Tu as raison. Fais réserver deux chambres.

— Bien entendu, Nicola.

Après une courte pause, il enchaîna :

— Tu n'as pas oublié que le mariage d'Adam et Selene a lieu la semaine prochaine ?

— C'est un événement familial. Je ne sais pas si…

— Tu ne veux pas assister au mariage d'Adam ?

Nicola détourna les yeux.

— Je ne veux pas m'imposer.

— Allons, Nicky ! Pour mes enfants, tu es de la famille. Plus que moi, d'ailleurs, ajouta Abraham avec un léger soupir.

— A propos, tu ne m'as pas raconté comment s'était passé ton déjeuner avec Adam.

Abraham se détendit légèrement. Nicola lui parlait de nouveau de la voix tendre qui l'incitait à penser qu'elle tenait plus à lui qu'elle ne voulait le montrer. Et le fait qu'elle s'intéresse à ses rapports avec ses fils prouvait qu'elle ne tenait pas vraiment à limiter leurs relations à un niveau professionnel.

— Adam est toujours distant et méfiant, mais il accepte l'idée de déjeuner plus souvent avec moi. C'est déjà un grand progrès.

Nicola secoua la tête, se leva et se mit à faire les cent pas devant son bureau.

— Je sais que cela ne me regarde pas, mais leur tendance à toujours voir le verre à moitié vide m'agace un peu.

Abraham haussa les sourcils.

— Que veux-tu dire ? Comment devraient-ils envisager les choses, selon toi ?

Elle leva les bras au ciel.

— Ils pourraient commencer par apprécier d'avoir eu une maison bien à eux, un foyer, des racines. Ils n'ont jamais dû faire leurs bagages en quelques heures pour aller vivre chez des étrangers. Crois-moi, les choses auraient pu être bien pires pour eux.

Ce n'était pas la première fois qu'elle exposait ce point de vue, mais jusque-là, Abraham s'était senti trop coupable d'avoir négligé ses enfants pour percevoir la détresse contenue dans les paroles de Nicola. Alors qu'elle se campait devant la fenêtre, les bras croisés, le dos raide, un déclic se fit en lui.

— C'est ton enfance que tu viens de décrire ?

Elle haussa les épaules sans se retourner.

— Excuse-moi, je n'aurais pas dû m'emporter. Tes relations avec tes enfants sont ton affaire, pas la mienne.

64

Pour résister à l'envie de la prendre dans ses bras, Abraham enfouit ses mains dans ses poches.

— Tu n'as pas répondu à ma question.

Elle baissa la tête.

— Je n'aime pas en parler.

— S'il te plaît, insista-t-il d'une voix très douce.

Lorsqu'elle se tourna vers lui, il vit son hésitation à la façon dont elle se mordillait la lèvre inférieure.

— Ma mère était ma seule famille, commença-t-elle avec un profond soupir. A sa mort, les services sociaux m'ont envoyée dans un foyer, puis dans des familles d'accueil, des couples pour la plupart affectueux et gentils, mais chaque fois, j'ai dû partir pour une raison ou pour une autre. Le père avait perdu son travail, le couple divorçait ou déménageait dans une autre ville… Alors quand j'entends que tes enfants t'en veulent, bien que tu leur aies donné bien plus que ce que j'aurais pu espérer ou rêver, cela me met hors de moi.

Abraham était surpris et peiné de s'apercevoir que Nicola ne lui avait jamais parlé de son passé douloureux alors qu'ils avaient vécu tant de choses ensemble.

— Tu as fait du chemin, chérie, dit-il tendrement.

Elle eut un sourire mélancolique.

— C'est vrai.

Il ne put s'empêcher de poser la question qui lui brûlait les lèvres.

— Pourquoi ne t'es-tu jamais mariée ?

Elle haussa les épaules.

— J'ai un travail prenant et épanouissant. Et surtout, je n'ai jamais trouvé l'homme avec qui j'avais envie de sauter le pas.

— Te marierais-tu si tu trouvais la bonne personne ?

Elle fixa le parc verdoyant et fleuri qui s'étendait sous la fenêtre.

— Tout le monde ne trouve pas forcément chaussure à son pied. Et de toute façon, souvent les choses tournent mal.

— Ce pessimisme ne te ressemble pas.

Elle le regarda avec perplexité.

— Que veux-tu dire ?

— Durant toute la campagne, tu m'as répété que rien n'est impossible tant qu'on n'a pas tout tenté.

— C'est mon credo au travail. Quand il s'agit de la vie privée, je raisonne différemment.

— Pourtant, tu as tenu le même raisonnement au sujet de ma relation avec mes enfants.

Abraham constata que Nicola se tordait les mains. Jamais il ne l'avait vue si peu sûre d'elle.

— Mais l'amour est un sentiment incontrôlable. On ne peut pas choisir de qui on tombe amoureux, on ne peut pas savoir si ce sentiment sera réciproque et si c'est le bon moment pour se rencontrer. De toute façon, je n'ai pas le temps de chercher l'homme de mes rêves. J'ai bien trop à faire pour l'instant.

Pour la troisième fois en une heure, Nicola se félicita d'avoir pris une journée de repos. Abraham avait eu beau protester et clamer qu'il avait besoin d'elle à Crofthaven Manor, elle avait tenu bon, soulignant qu'elle allait travailler très tard le samedi soir puisqu'elle l'accompagnerait à la soirée de Noël du gouverneur.

Ses nausées matinales étaient à leur paroxysme, tout ce qu'elle voulait et pouvait faire aujourd'hui, c'était rester couchée sur son canapé et pleurer sur son sort.

— Ça va passer, murmura-t-elle en fermant les yeux pour oublier que son estomac se soulevait de nouveau. Il faut juste que je prenne mon mal en patience.

En même temps, elle ne pouvait s'empêcher de repenser à la malheureuse femme qu'elle avait rencontrée dans la salle d'attente de sa gynécologue et qui racontait à qui voulait l'entendre que ses nausées avaient duré pendant huit mois lors de sa première grossesse.

Passant les mains sur son ventre encore plat, elle sourit malgré elle et éprouva un besoin viscéral de protéger la petite vie qui grandissait en elle, son « Petit Cookie », comme elle appelait déjà le bébé. Elle espérait de tout son cœur être une bonne mère, mais elle avait très peur de ne pas avoir la fibre maternelle. Si elle l'avait eue, aurait-elle abandonné son premier enfant ?

D'un autre côté, lorsqu'elle n'était pas occupée à lutter contre ses sentiments pour Abraham qui ne se le tenait pas pour dit, elle était excitée et impatiente de tenir son bébé dans ses bras. Elle avait hâte de savoir si c'était un garçon ou une fille. Quel que soit son sexe, Petit Cookie aurait la détermination des Danforth, elle en était certaine.

Son pouls s'accéléra alors que le visage de son amant s'imposait à elle. Ces derniers jours, Abraham se comportait de manière étrange, il lui posait des questions très personnelles, comme s'il voulait tout savoir de son passé, de ses aspirations, de sa conception de la vie.

Avec un profond soupir, elle posa son avant-bras sur ses yeux et s'efforça de chasser Abraham de son esprit et de son cœur. C'était impossible. Ils allaient devoir travailler ensemble pendant encore quatre semaines…

Dormir une heure lui redonna un peu de tonus. Après avoir déjeuné d'un bol de soupe et de crackers — tout ce que son estomac pouvait supporter — elle entreprit de faire un peu de ménage et de rangement dans sa petite maison. Composé au rez-de-chaussée d'un salon, d'une salle à manger et d'un petit bureau, et d'une chambre et d'une salle de bains à l'étage, son nouveau logement n'avait pas le standing et le cachet de Crofthaven Manor, mais au moins, il avait l'avantage d'être un havre de paix, parce qu'il était loin… d'Abraham.

Nicola pliait du linge quand une sonnerie qu'elle n'avait pas l'habitude d'entendre lui fit dresser l'oreille. Elle mit quelques secondes à comprendre qu'on sonnait à sa porte.

— Qui cela peut-il bien être ? s'interrogea-t-elle en gagnant l'entrée. Personne ne sait que j'habite ici.

Un regard par l'œilleton fit palpiter son cœur. Baissant les yeux vers son vieux pull et son bas de survêtement délavé, elle gémit de consternation.

Un second coup de sonnette l'obligea à ouvrir la porte pour laisser entrer Abraham qui portait un sapin sur l'épaule et deux énormes cabas à la main.

— Joyeux Noël, Nicky ! J'ai pensé qu'avec ton déménagement, tu n'avais sans doute pas eu le temps d'acheter un arbre de Noël.

Le cœur de Nicola se serra. Noël avait toujours été une période difficile pour elle. Depuis des années, elle s'obligeait à voir le 25 décembre comme un jour normal. Même si elle faisait des dons à l'Armée du Salut et à d'autres œuvres de charité, elle ne faisait pas grand cas des traditions et des célébrations. Mais en regardant le sapin que lui apportait Abraham, elle se rendit compte qu'au prochain Noël, elle ne serait plus seule... elle aurait un bébé à chérir et à gâter.

— Merci, Abe, dit-elle avec émotion.

— J'ai également pris quelques décorations au cas où les tiennes seraient encore dans des cartons ou au garde-meuble.

— Tu as pensé à tout.

— Je l'espère. Je vais t'aider à tout installer.

Nicola ouvrit la bouche pour protester puis se ravisa. Elle pouvait difficilement dire : « Merci pour le sapin, mais je préfère me débrouiller seule », sans passer pour une ingrate !

Elle soupira longuement.

— Tu n'es pas obligé. Je sais que tu es très occupé.

— Pas tant que ça, répliqua-t-il. Et toi ? As-tu des projets pour le reste de la journée ?

Sachant que sa tenue négligée la trahirait, elle renonça à mentir.

— Aucun. Je pensais rester chez moi et me reposer.

Abraham la dévisagea attentivement.

— Tu as mauvaise mine. Tu es toujours souffrante ?

Nicola sentit l'affolement faire battre son cœur à toute vitesse. Il fallait qu'elle donne le change.

— Ce n'est pas très galant de ta part de commenter mon absence de maquillage, reprocha-t-elle du ton de la plaisanterie.

— Me pardonneras-tu mon manque de délicatesse si je nous fais livrer un dîner chinois pour fêter l'installation de ton sapin ?

Nicola fut saisie de panique. En un clin d'œil, l'après-midi allait se transformer en soirée. Et à la seule évocation de nems et de plats épicés ou en sauce, son estomac se souleva.

— Je n'aurai pas faim, dit-elle. J'ai mangé une soupe il y a une heure.

— Nous en reparlerons ce soir. Pour l'instant, attaquons-nous au sapin.

Elle ne put s'empêcher de rire.

— Qu'ai-je dit de drôle ? s'étonna Abe.

— Tu as beau être sénateur, tu resteras toujours un militaire. J'ai failli me mettre au garde à vous et crier « oui, chef ! » dit-elle en mimant un salut.

Le regard pétillant de malice, Abraham s'approcha d'elle.

— J'aimerais obtenir ce genre de réaction de ta part plus souvent.

— Allons donc ! Tu n'aimerais pas si j'accédais à tous tes désirs.

— Faisons un essai. A partir de maintenant, dis oui à tout ce que je demande.

— Tu peux toujours rêver, monsieur le sénateur !

Le visage redevenu grave, Abraham lui caressa la joue.

— Je te retrouve dans mes rêves plus souvent que tu ne l'imagines, Nicky. Si tu veux la vérité, tu hantes mes jours et mes nuits.

L'intensité de son regard affola le cœur de Nicola.

— Je suis ton pire cauchemar, je le savais, plaisanta-t-elle pour cacher son trouble.

Sans lui laisser le temps de se dérober, il la prit par la taille et déposa un bref baiser sur sa bouche.

— Je te promets que tu es tout sauf un cauchemar.

Puis il s'écarta.

— Bon, c'est pas tout ça. Je t'ai promis de t'aider à installer ton arbre et à le décorer.

Mise dans l'ambiance par l'odeur de sapin qui se répandait dans le salon, Nicola prépara du cidre chaud et régla sa radio sur une station qui diffusait des chants de Noël en boucle.

Après avoir disposé les guirlandes électriques, Abraham indiqua l'un des cabas.

— Je ne savais pas quel genre de décorations tu souhaitais. D'après la vendeuse, cette année tout le monde raffole du rouge et du blanc.

Tout en parlant, il sortit plusieurs boîtes de guirlandes et de boules rouges et blanches.

— Elle m'a également dit que certaines personnes couvrent leur sapin de petits anges. Alors j'en ai acheté quelques-uns.

Il agita une poignée d'anges.

— Et j'ai pris des petites choses qui me plaisaient.

Touchée et curieuse, Nicola s'approcha pour mieux voir les décorations.

— Comme ils sont mignons ! dit-elle en effleurant des bambins emmitouflés dans des anoraks et des bonshommes de neige en porcelaine.

— Regarde ce clown de Noël et ces couronnes de houx en pâte à sel ! Ils sont superbes, tu ne trouves pas ?

Elle sourit.

— Tu as dévalisé le magasin ! Combien d'heures y as-tu passé ?

Abraham haussa les épaules.

— Je n'y suis pas resté si longtemps que ça. En fait, dès que je voyais quelque chose que j'aimais ou qui était susceptible de te plaire, je le mettais dans mon panier.

Emue par tant de gentillesse, elle lutta contre les larmes.

— Qu'est-ce qui ne va pas ? s'inquiéta Abraham en la voyant reculer précipitamment.

— Rien. Je… j'ai une poussière dans l'œil. Tu es vraiment gentil. Je ne sais pas quoi dire. Personne ne m'a jamais offert un sapin avec toutes les décorations.

— Mais tu pleures ! constata Abe, stupéfait. Viens vite ici.

Ignorant ses protestations, il s'assit dans un fauteuil et l'attira sur ses genoux. Submergée par l'émotion, elle ferma les yeux et se lova contre lui, savourant la force de ses bras, sa chaleur réconfortante.

— Pourquoi ces larmes, Nicky ? demanda-t-il en la berçant.

Elle prit une inspiration tremblante.

— Tu es si gentil. Je ne suis pas habituée.

— Tu n'as pas fréquenté les bonnes personnes, voilà tout.

Elle sourit à travers ses larmes.

— Merci pour l'arbre et tout. Pardonne-moi de me transformer en fontaine.

Abraham lui prit le menton et la tourna vers lui.

— Je suis heureux d'être là.

Il allait la tuer à force de tendresse et de gentillesse. Elle devait sortir de sa torpeur. Mais lorsqu'elle tenta de se lever, il la retint.

— Pas si vite !

— Nous devons finir de décorer le sapin et le salon, rappela-t-elle.

Elle ne devait pas rester sur ses genoux. Elle savait qu'elle ne pourrait pas résister longtemps au désir qui lui vrillait le corps.

— Cela peut attendre, déclara Abe. Ferme les yeux.

Comme elle le dévisageait avec méfiance, il assura :

— Je ne vais pas t'enlever ton pull ! J'en ai très envie, mais je vais me contrôler. Ferme les yeux, s'il te plaît.

Le cœur palpitant d'appréhension et d'excitation, elle s'exécuta. Qu'avait-il en tête, exactement ? S'il ne tenait pas parole, s'il tentait de la dévêtir, elle ne répondait plus de rien.

— Tu as dix ans. Que demandes-tu au Père Noël ?

Elle se revit à cette époque lointaine, triste et pleine d'espoir en même temps.

— Je le supplie de guérir ma maman.

— Oh, ma chérie ! Je suis désolé.

Abraham la serra plus étroitement contre lui et lui caressa les cheveux.

— Ma mère faisait toujours ça, murmura-t-elle avec un soupir de plaisir.

Elle le regarda et sourit.

— J'avais oublié combien c'est agréable et apaisant. Bon, maintenant, on continue la décoration du sapin, d'accord ?

Le visage réprobateur, Abraham lui mit la main sur les yeux.

— Nous n'avons pas fini.

Elle soupira longuement.

— D'accord. Mais ensuite, ce sera ton tour.

— Si tu veux. Tu as quinze ans, à présent. Que voudrais-tu pour Noël ?

— Vivre dans la même maison jusqu'à la fin de mes jours.

Après une courte pause, elle ajouta :

— J'aimerais aussi un album de Bon Jovi et un jean qui ne vienne pas de l'Armée du Salut. Et tous les livres de Louisa May Alcott.

Elle sentit son cœur se serrer. Replonger dans son passé la mettait mal à l'aise.

— Assez ! s'écria-t-elle en repoussant la main d'Abraham. A toi maintenant.

Devant son expression résolue, Abraham se résigna à jouer le jeu.

— Tu as huit ans. Que veux-tu pour Noël ? demanda-t-elle.

— Un vrai livre d'au moins cent pages, répondit-il sans hésitation. Avoir de bonnes notes pour que mon père soit fier de moi. Et un G.I. Joe avec son char.

Nicolas sourit.

— A mon avis, tu es né militaire.

Les yeux toujours clos, Abraham secoua la tête.

— Mon instructeur ne serait pas d'accord avec toi.

— Tu as grandi, tu as seize ans. Que veux-tu ?

— Une voiture pour pouvoir emmener ma petite amie au bal. Avant de la raccompagner chez elle, je m'arrêterai dans un coin isolé et nous flirterons sur la banquette arrière. Si j'ai de la chance, elle acceptera de…

— Ton souhait a-t-il été exaucé ? coupa précipitamment Nicola.

— Pas cette année-là.

Le sourire d'Abraham indiquait que cela n'avait été que partie remise.

— C'est probablement une bonne chose, monsieur le séducteur, marmonna Nicola en essayant de se lever.

Tendrement mais fermement, il la ramena contre lui.

— Pourquoi ce surnom ?

— Tu sembles concevoir des enfants facilement. Si tu avais commencé à seize ans, tu en aurais au moins vingt maintenant.

Abraham feignit la terreur.

— Ne parle pas de malheur !

Un lent sourire étira ses lèvres.

— Heureusement pour moi, il paraît que la fertilité masculine décroît avec l'âge.

« A ta place, je ne croirais pas trop aux statistiques », pensa Nicola *in petto*.

5.

Avec son fourreau de satin vert pâle, Nicola évoquait une parure de pierres précieuses, songea Abraham lorsque la jeune femme lui ouvrit la porte. Sa robe avait la couleur des opales, ses yeux des émeraudes, ses lèvres des rubis.

Une parure très sexy, songea-t-il en s'inclinant très bas devant elle. Le drapé du décolleté audacieux attirait le regard sur ses seins épanouis, la fente qui courait sur le côté de la jupe laissait voir une longue jambe fuselée et des sandales à talon aiguille.

— Tu es si belle que j'en ai le souffle coupé.

Nicola sourit, incapable de cacher le plaisir que ce compliment suscitait en elle.

— J'ai du mal à vous croire, monsieur le sénateur. Vous êtes réputé pour votre maîtrise de soi.

Il lui prit la main et la porta à son cœur.

— Comment expliques-tu alors mes palpitations ?

Rougissant légèrement, elle baissa les yeux.

— Tu as sans doute bu trop de café avant de venir me chercher.

Il soupira avec irritation.

— Ne te sous-estimes pas, Nicola. Tu es splendide.

Elle ne put s'empêcher de le toiser avec appréciation, admirant la manière dont son smoking noir moulait ses larges épaules et accentuait sa haute taille et sa sveltesse.

— Toi aussi.

Il haussa les sourcils et sourit.

— On ne m'avait jamais dit ça.

— Peut-être, mais à mon avis, beaucoup de femmes l'ont pensé.

Nicola s'en voulait déjà d'avoir exprimé son admiration. Pour une femme qui avait décidé de garder ses distances, ce n'était pas une bonne manière de commencer la soirée !

— Trêve de compliments. Passe-moi mon manteau. Il fait plutôt frais ce soir.

— Henry a mis le chauffage dans la limousine.

Abraham prit tout son temps pour aider Nicola à se couvrir. Il détestait cacher ses formes si tentantes. Rien qu'en la regardant, en respirant son parfum fleuri, il sentait son corps s'émouvoir. S'il s'était écouté, il l'aurait déshabillée et prise là, dans son entrée. Elle le rendait fou de désir.

Soupirant intérieurement, il l'escorta jusqu'à la limousine et s'assit sur la banquette en face d'elle.

— Veux-tu boire quelque chose ? J'ai fait mettre ton vin préféré au frais.

Il lut l'envie dans ses yeux, mais à sa grande surprise, il la vit secouer la tête.

— Je prendrai juste un peu d'eau.

Consciente qu'il allait l'interroger sur sa propension à ne boire plus aucune boisson alcoolisée, Nicola se hâta de sortir son agenda électronique de son réticule.

— Vérifions qui tu risques de croiser au bal de ce soir.

Durant tout le trajet jusqu'à Atlanta, elle lui rappela le nom des épouses et des enfants des personnalités qu'ils seraient susceptibles de rencontrer.

— Je pense que tu es au point, dit-elle lorsque le chauffeur les arrêta devant l'entrée de la maison du gouverneur.

Tandis qu'ils avançaient dans le hall richement décoré et illuminé, Abraham prit conscience d'une réalité surprenante. Durant toute la campagne sénatoriale, Nicola et lui avaient participé à un grand nombre d'événements mondains, mais cette soirée était différente. Contrairement à ce qu'il avait prétendu pour s'assurer que Nicola serait bien à son côté, il ne considérait pas le dîner et le bal qui allait suivre comme une obligation politique ou une occasion rêvée de nouer ou renforcer ses relations avec des personnages importants. Il n'était pas venu en tant que sénateur accompagné de sa directrice de campagne.

Ce soir, il était un homme comme les autres, tout simplement heureux de passer une soirée avec la femme qui le fascinait et le séduisait, d'avoir tout le loisir d'admirer son sourire, d'entendre sa voix et son rire mélodieux.

— J'aperçois le gouverneur, indiqua Nicola dès qu'ils entrèrent dans le salon d'apparat. Tu devrais aller le saluer.

Durant plus d'une heure, elle continua de scruter la foule des invités et de s'assurer qu'Abraham échangeait quelques mots aimables avec tous ceux qui l'avaient soutenu. Abraham avait l'impression d'être encore en campagne, à cette seule différence près qu'il ne concluait pas ses conversations par « J'espère que vous voterez pour moi », mais par « Merci de m'avoir fait confiance, vous ne le regretterez pas ».

Quand enfin l'épouse du gouverneur annonça que le dîner était servi, il soupira de soulagement.

— Il était temps, chuchota Nicola. Je suis épuisée.

— Moi aussi, confia-t-il en redressant son nœud papillon.

Elle lui tapota gentiment le bras.

— Tu es si populaire et tu as tant de qualités que tout le monde veut avoir une chance de te serrer la main et de parler avec toi.

Abraham leva les yeux au ciel.

— Sois prudente, sinon tu vas finir par croire aux beaux discours que tu as écrits pour moi.

— Je n'ai fait que dire la vérité, répliqua-t-elle. Allons vite nous asseoir, je meurs de faim.

Galamment, il lui présenta son bras et chuchota :

— J'espère que nous serons côte à côte.

Elle le considéra avec effarement.

— Tu sais que c'est impossible. Nous n'avons jamais été à la même table auparavant.

— C'était différent, répliqua-t-il avec agacement tandis qu'ils suivaient les autres couples vers la salle à manger. Nous étions en campagne électorale.

— Même si cette soirée ressemble à un événement mondain, c'est avant tout un événement politique. Tu seras certainement assis à la table d'honneur avec tous les personnages importants. N'oublie pas que tu es un sénateur fascinant et moi une employée insignifiante.

Au comble de l'irritation, Abraham s'arrêta net pour la foudroyer du regard.

— Balivernes ! Je connais peu de personnes aussi intéressantes que toi. Et je ne t'ai jamais considérée comme une employée.

Elle rougit légèrement.

— Avançons. Tout le monde nous regarde.

Même s'il avait toujours su qu'une fois élu, il devrait continuer à surveiller ses moindres faits et gestes en public, Abraham en avait plus qu'assez de se soucier de ce que les autres pourraient penser de ses relations avec sa directrice de campagne.

— Nous devons parler, dit-il entre ses dents.

Il crut voir une lueur de panique dans les beaux yeux verts de sa compagne avant qu'elle ne l'informe d'un ton léger :

— Voici le gouverneur. Il vient droit vers vous, monsieur le sénateur.

Une heure et demie plus tard, Abraham broyait du noir. Nicola avait eu raison, comme toujours. Il était à la table du gouverneur, elle était de l'autre côté de la salle. Le repas était savoureux, le service impeccable, mais il s'ennuyait ferme, malgré le bavardage incessant de sa voisine de droite, une certaine Vivian, qui était parvenue à glisser cinq fois dans leur conversation qu'elle était veuve.

Nicola semblait beaucoup s'amuser, remarqua-t-il avec humeur en épiant à la dérobée la jeune femme qui riait aux éclats. Et ses voisins de table étaient-ils obligés de la regarder comme si elle était un mets de choix et qu'ils n'avaient pas mangé depuis huit jours ?

Quand, après le dessert, l'orchestre se mit à jouer une valse, Abraham fixa Nicola et retint son souffle. Voyant Nicola secouer la tête en réponse à l'invitation d'un de ses voisins, il soupira de soulagement.

— Vous devez être un excellent danseur, dit Vivian. Aimeriez-vous faire quelques pas sur la piste ?

Se souvenant que son interlocutrice avait généreusement contribué à sa campagne, il ravala la réponse négative qui s'apprêtait à franchir ses lèvres.

— Avec plaisir, mentit-il en l'escortant vers la piste.

Tout en dansant, Vivian se lança dans une description interminable des activités de son club de jardinage.

— Nous adorerions visiter Crofthaven Manor, dit-elle en battant des cils. Le parc doit être magnifique au printemps. Serait-ce possible, selon vous ?

— Ma gouvernante et ma secrétaire sauront mieux vous répondre que moi, répondit-il. Comme vous le savez, Crofthaven Manor est une maison très ancienne, nous sommes toujours en train d'en rénover une partie et je ne suis pas au courant du programme des travaux.

Quand l'orchestre attaqua un twist, Vivian secoua la tête.

— Ce genre de danse n'est pas pour les vieilles badernes comme nous.

Soulagé de n'avoir pas à endurer une autre valse et en même temps irrité par ce rappel de son âge, Abraham la suivit jusqu'à la table d'honneur. Tandis qu'il se rasseyait, il vit Nicola se diriger vers la piste avec ses deux compagnons de table. Les lumières du lustre de cristal se reflétaient dans ses boucles rousses et faisaient briller ses yeux de mille feux, l'animation rosissait ses joues. Elle était magnifique, sexy, pleine de vie...

— Nous avons bien fait de laisser la place aux jeunes gens, déclara Vivian. Voulez-vous encore un peu de vin, monsieur le sénateur ?

« J'ai besoin d'un whisky. Double. », pensa Abraham.

— Il me semble qu'un de vos fils va bientôt se marier, dit Vivian, nullement découragée par sa mine sombre.

— C'est exact, confirma-t-il du bout des lèvres. Adam, mon troisième fils, va épouser Selene Van Gelder.

Son estomac se noua quand il remarqua que l'orchestre commençait à jouer un slow et que Nicola acceptait l'invitation d'un de ses compagnons.

— Cette situation n'a pas dû être facile pour vous.

Vivian eut un petit rire.

— Je n'en ai pas cru mes yeux quand j'ai lu dans les journaux que votre fils fréquentait la fille de votre adversaire pendant la campagne.

En voyant que le cavalier de Nicola l'enlaçait étroitement par la taille, Abraham ne parvint plus à contenir son exaspération.

— Selene est une jeune femme exquise, Adam et elle s'aiment, déclara-t-il d'un ton tranchant. C'est tout ce qui compte, non ?

Au comble de l'impatience, il se leva abruptement.

— Je vous prie de m'excuser.

Il ne savait pas s'il était plus énervé par les allusions répétées de Vivian à son âge ou par le fait que Nicola semblait apprécier de danser avec un jeune freluquet. Certes, il ne pouvait rien faire pour son âge, mais il pouvait éloigner le freluquet.

Gagnant la piste à grandes enjambées, il arriva derrière Nicola et son cavalier et tapota l'épaule de ce dernier.

— Puis-je ?

Nicola écarquilla les yeux.

— Puis-je quoi ? demanda le jeune homme.

— Puis-je vous interrompre ? J'ai besoin de parler avec Nicola.

Le ton d'Abraham évoquait plus un ordre qu'une question.

— Je vous en prie, monsieur le sénateur.

Le jeune homme sourit et s'inclina devant Nicola.

— A tout à l'heure.

Abraham ne perdit pas une seconde pour attirer Nicola contre lui.

— Ces deux-là ne perdent pas de temps, maugréa-t-il.

Un soupir de bien-être et de soulagement franchit ses lèvres alors qu'il retrouvait le plaisir ineffable de sentir le corps souple de Nicola contre le sien. Cela faisait longtemps qu'il ne l'avait pas serrée dans ses bras.

Trop longtemps.

— De qui parles-tu ? demanda Nicola.

— De tes voisins de table.

L'irritation d'Abraham était plus qu'évidente. La jeune femme se mit à rire.

— Ils sont inoffensifs et très gentils. J'ai de la chance de n'avoir pas dû supporter des raseurs.

— Je ne peux pas en dire autant, soupira Abe.

Elle ouvrit de grands yeux.

— Tu as réclamé cette danse parce que tu t'ennuyais ?

— Pense ce que tu veux.

Elle se mordit la lèvre.

— Vous avez l'art d'éluder les questions, monsieur le sénateur.

— Tu veux que je sois franc ? Eh bien, d'accord.

Tout en parlant, Abraham l'entraîna vers un coin plus sombre de la piste.

80

— Je suis fatigué de faire comme s'il n'y avait rien entre nous. Je suis fatigué de ce jeu du chat et de la souris.

Nicola fronça les sourcils.

— Je ne joue pas.

— Allons donc ! Chaque fois que je fais un pas vers toi, tu recules d'autant. Que se passe-t-il, Nicky ? Me trouves-tu trop vieux pour toi ? As-tu décidé que tu ne veux pas de moi dans ta vie ?

Elle haussa les épaules.

— Ton âge ne me pose aucun problème ! C'est toujours toi qui ramènes le sujet sur le tapis.

Après avoir regardé autour d'eux pour s'assurer que personne n'écoutait leur conversation, elle ajouta :

— Pour moi, ta maturité et ton expérience ajoutent à ton charme.

La tension d'Abraham s'émoussa.

— Alors, notre seul souci est de savoir ce que nous voulons. Moi, je te désire, Nicky, de toutes mes forces. Et je me moque du qu'en-dira-t-on. La question est : veux-tu de moi ou pas ?

Nicola ferma les yeux et secoua la tête.

— Tu ne m'aides pas à faire le bon choix.

— Lequel ? Laisser passer notre chance d'être heureux ensemble parce que j'ai été élu sénateur ?

Elle prit une inspiration tremblante.

— Tu ne me facilites vraiment pas les choses.

Voir le désir qui luisait dans ses yeux verts ne suffisait pas à Abraham. Ce soir, il avait besoin de l'entendre admettre à voix haute qu'elle le désirait.

— Je peux t'aider, chuchota-t-il en se penchant vers elle.

Elle se raidit et enfonça les ongles dans son épaule.

— Tu ne vas quand même pas m'embrasser devant tous ces gens !

— Tu veux parier ?

Un dernier reste de prudence fit tourner la tête à Nicola. Les lèvres d'Abraham effleurèrent sa joue.

Riant doucement, il lui serra l'épaule.

— Je ne te croyais pas si froussarde.

Piquée au vif, elle le fusilla du regard.

— Je ne le suis pas.

— Me veux-tu, Nicola ? demanda-t-il d'une voix sexy enivrante comme un alcool fort. As-tu envie de moi ?

Elle résista vaillamment au vertige qui s'emparait d'elle.

— Là n'est pas la question.

— Il me semble que si. Moi, je n'ai aucun mal à dire que je te veux, Nicky. Dans mes bras, dans mon lit.

Le regard déterminé d'Abraham et la fermeté de sa voix firent courir un long frisson sur la peau de Nicola. Elle lui avait déjà entendu ce ton sans réplique, mais jamais dans une discussion les concernant.

— Le bal touche à sa fin. Réfléchis.

Du pouce, Abraham lui caressa la naissance du poignet. Ce geste tendre et discret mais terriblement intime acheva d'affoler le pouls de Nicola. Incapable de proférer un son, elle se laissa raccompagner à sa table.

— A plus tard, lui dit-il en l'aidant à s'asseoir.

Elle déglutit péniblement. Elle ne l'avait jamais vu si résolu à la séduire. Peut-être éprouvait-il plus qu'une simple attirance physique pour elle. Peut-être voulait-il davantage que des étreintes torrides à la sauvette. Peut-être souhaitait-il une vraie relation avec elle.

Peut-être l'aimait-il un peu.

L'esprit en tumulte, elle tenta d'analyser les possibilités qu'elle s'était interdit d'envisager. Et si Abraham était vraiment amoureux d'elle ? S'il avait envie de passer le restant de ses jours à ses côtés ? S'il voulait l'épouser ? Pourrait-il accepter un enfant et surtout l'aimer même s'il ne l'avait pas désiré ?

Le cœur serré, Nicola se tourna vers la table d'honneur. Comme s'il avait senti l'attention dont il était l'objet, Abraham la fixa droit dans les yeux, sans paraître se soucier de qui pouvait les surprendre en train de se dévorer du regard.

Durant quelques secondes, elle oscilla entre le doute et l'espoir. Puisque Abraham avait changé d'avis sur la nécessité de garder leur liaison secrète, il pouvait également revoir sa position sur d'autres sujets. Par exemple, accepter l'idée d'avoir un enfant.

Dès la fin du bal, Nicola et Abraham gagnèrent leur hôtel. Durant le bref trajet en limousine, ils passèrent en revue les différents contacts qu'ils avaient noués ou renoués durant la soirée. Mais alors même qu'elle dressait avec son compagnon la liste des personnes qu'il devrait appeler dès son arrivée à Washington, Nicola sentit l'excitation, le désir et l'impatience grésiller entre eux.

Toujours efficace, le chauffeur avait déjà fait monter leurs bagages et pris leurs clés à la réception. Ils avaient des chambres côte à côte au troisième étage.

— J'espère que ta chambre te plaira, dit Abraham en sortant de l'ascenseur. Bonne nuit.

A la grande surprise de Nicola, il entra dans sa propre chambre sans même essayer de l'embrasser.

Elle ne devait pas être déçue, se répéta Nicola en posant son réticule sur la table de nuit. C'était mieux ainsi. Elle n'aurait pas besoin…

Entendant du bruit, elle se retourna et sursauta en avisant que le mur en face du lit comportait une porte de communication et que celle-ci venait de s'ouvrir pour laisser la place à Abraham, arborant un sourire satisfait.

Le monstre ! Le fourbe ! Le…

Abraham vint vers elle en déboutonnant son col de chemise.

— J'ai pensé que tu apprécierais des chambres communicantes. Tu ne voudrais pas être vue en train de te glisser dans la chambre d'un vieux barbon comme moi, n'est-ce pas ?

Nicola se demanda si elle préférait effacer son sourire canaille si sexy d'une gifle ou d'un baiser torride. Incapable de contenir son amusement, elle rit doucement et enfonça un doigt dans son épaule musclée.

— Vieux barbon ? Toi ? Certainement pas.

Abraham lui prit la main et la pressa sur son cœur.

— Tu as toujours tellement pris soin de ne pas être vue avec moi en dehors des événements politiques que je pensais que tu avais honte de notre différence d'âge.

Nicola soupira longuement.

— Je voulais seulement protéger ton image et ta réputation.

— Je n'ai plus besoin de prendre ce genre de précaution, Nicky. Et toi ?

La respiration de la jeune femme se fit saccadée.

— Tu sais très bien que je ne me suis jamais souciée de ton âge. Plus j'ai appris à te connaître, plus je...

Elle s'interrompit et baissa les yeux.

— Plus quoi ? insista Abe.

— Plus j'avais envie d'être avec toi, admit-elle dans un murmure.

— Pourquoi parles-tu au passé ? Qu'en est-il de maintenant, Nicky ?

Avec cette question, Abraham lui offrait l'occasion idéale de reprendre des distances. Elle pouvait affirmer que ses sentiments avaient changé, prétendre qu'il n'avait plus le pouvoir de faire bondir son cœur ou de l'arrêter d'un sourire. Elle pouvait également assurer que son désir pour lui s'était émoussé. Cependant, sa bouche refusa d'obéir à son cerveau et les mensonges restèrent bloqués dans sa gorge.

— Même si tu gardes le silence, tes yeux parlent pour toi, dit alors Abraham. Je vais te poser la question différemment.

Lorsqu'il lui mordilla la lèvre inférieure d'un geste tendre, elle ravala un gémissement de plaisir. Lorsqu'il enfouit les doigts dans ses cheveux et lui caressa la nuque, une vague de désir déferla dans ses veines.

Durant quelques secondes, elle ferma les yeux et lutta contre ses sensations déchirantes. Mais lorsque son compagnon se fit plus exigeant, plus tentateur, dévorant sa bouche avec un gémissement de plaisir, elle fut submergée par le besoin de se perdre tout entière dans la chaleur de son baiser, de ne faire plus qu'un avec lui.

Renonçant à combattre l'explosion de ses sens, elle l'enlaça par le cou et frotta ses seins douloureusement tendus contre son torse viril. Puis, rompant l'union incendiaire de leurs bouches, elle acheva de déboutonner sa chemise.

— Tu me rends toute résistance impossible, dit-elle d'une voix rauque de passion contenue lorsqu'ils désunirent leurs lèvres.

— Mon Dieu, merci ! J'ai au moins un atout.

D'un revers de main, Abraham jeta sa chemise sur un fauteuil.

— Sais-tu ce que j'ai enduré en voyant ces deux types te faire du charme pendant toute la soirée ? Additionne leur âge et tu obtiens le mien.

— Ils étaient juste polis, protesta Nicola en riant.

Il leva les yeux au ciel.

— Tu es vraiment naïve ! Tu n'es même pas consciente de ton sex-appeal.

— Crois-moi quand je te dis que ces hommes n'ont pas le dixième de ton charisme et de ta virilité.

Le regard brumeux, Abraham la ramena contre lui.

— Je veux plus qu'une nuit, Nicola. Je veux plus qu'une liaison clandestine. Je veux une vraie relation.

Le cœur de Nicola s'arrêta. Se pouvait-il que… ?

— Que veux-tu dire ?

— Simplement que je suis fou de toi.

La voix d'Abraham vibrait d'impatience et aussi d'irritation.

— Ça n'a pas l'air de te rendre très heureux, constata Nicola.

— Je n'avais pas prévu… nous… toi… ce qui nous arrive. Ce que j'éprouve pour toi défie toute raison et toute logique. Mais je ne peux plus le nier ou l'ignorer. Même si je suis trop vieux pour toi, je n'ai pas la force de renoncer à toi.

Nicola sentit ses jambes se dérober. Les paroles enflammées de son compagnon la grisaient et l'émouvaient bien plus encore que ses baisers savants. Et l'intensité de son regard bleu l'excitait et l'inquiétait à la fois.

Cependant, elle ne pouvait accepter une relation durable sans lui parler de l'enfant qu'elle attendait.

— Tu me donnes le vertige. Il faut que je m'asseye, murmura-t-elle.

L'instant suivant, deux bras puissants la soulevèrent et la plaquèrent contre un torse dur comme du marbre.

— Je suis trop lourde, protesta-t-elle. Tu vas te faire mal au dos.

— Je suis costaud et je peux te le prouver, répliqua Abraham en la déposant sur le lit.

Comme il s'étendait près d'elle, elle s'écarta d'un bond.

— Ne me touche pas ! J'ai besoin de réfléchir.

— Surtout pas.

L'emprisonnant sous son corps musclé, il abaissa la fermeture Eclair sur le côté de sa robe, puis il s'attaqua à l'attache de son soutien-gorge à balconnet orné d'une dentelle arachnéenne.

— Abe, nous ne devons pas…

Les objections de Nicola se perdirent dans un gémissement de plaisir alors que son amant remodelait le galbe de ses seins de ses mains brûlantes.

— Tu veux que je m'arrête ?

— Oui… non… c'est si…

— Bon ? demanda Abraham en faisant gentiment rouler une pointe dure comme une perle de corail entre son pouce et son index.

— Oui, admit-elle dans un souffle.

Chaque parcelle de son être chantait à tue-tête la chanson du désir. Ses seins étaient lourds, une tension insoutenable grandissait dans son ventre.

— Abe…

C'était à la fois un cri de volupté et une prière.

— Je sais ce que tu veux, chuchota Abraham avant de remplacer ses doigts par sa bouche.

Avec un râle de volupté, Nicola se tendit vers la divine torture qu'il lui infligeait. Elle ne se lassait pas de sentir ses larges mains et sa langue sur sa peau frémissante de passion, elle adorait inspirer son parfum, sentir son sexe palpiter contre sa cuisse.

Lorsqu'il redressa la tête, elle enfonça ses ongles dans sa nuque pour le retenir.

— Ne t'arrête pas, je t'en…

Sans cesser de pincer savamment le bouton de rose qu'il venait de faire fleurir sous ses lèvres, il mordilla l'autre sein. Des ondes de plaisir ricochèrent sur la gorge de Nicola.

Eperdue de passion, elle se souleva vers lui. En réponse, il pressa ses seins l'un contre l'autre pour pouvoir en sucer les deux pointes à la fois.

A sa grande surprise, elle jouit dans un spasme d'une intensité inouïe.

En rouvrant les yeux, elle dévisagea Abraham avec stupéfaction. Jamais elle n'aurait imaginé connaître un tel plaisir.

— C'était… c'était…

Abraham rit doucement.

— C'était une jolie surprise, dit-il d'une voix rauque. Et très excitante. Mais si tu m'aidais à enlever complètement ta robe, je pourrais...

Il s'interrompit et fronça les sourcils en sentant son téléphone portable vibrer dans la poche de son pantalon.

— La vie était vraiment plus agréable avant qu'on invente ces boîtes à ennuis, maugréa-t-il. Je vais juste regarder qui...

Reconnaissant le numéro de l'appelant, il fronça les sourcils.

— C'est Marcus. Il a peut-être besoin de moi. Je dois répondre.

Après avoir déposé un dernier baiser plein de promesses sur les lèvres de Nicola, il se leva.

— Ne bouge surtout pas, je reviens.

— Je n'aurais même pas la force de remuer le petit doigt, murmura-t-elle faiblement, se maudissant de sa faiblesse.

6.

Vingt minutes plus tard, Abraham avait éteint son portable et courut dans la chambre de Nicola. Il avait hâte de lui annoncer la nouvelle. Mais il était encore plus impatient de retrouver la douceur enivrante de ses bras, la chaleur divine de son corps. La combler rien qu'en caressant ses seins avait porté son désir à son paroxysme.

En arrivant devant le lit, il trouva l'objet de toutes ses pensées profondément endormi. Partagé entre sa raison et le désir qui pulsait en lui, Abraham dévora des yeux les collines soyeuses qui tendaient le drap. S'il réveillait Nicola, pour laisser libre cours à la passion qui roulait dans ses veines, il se comporterait en goujat, en homme des cavernes.

Mais, Seigneur, elle était si belle, si tentante qu'elle lui donnait envie d'oublier son éducation de gentleman.

Durant quelques secondes, son corps et sa conscience se livrèrent une bataille sans merci. Finalement, avec un long soupir résigné, il remonta le drap sur les épaules de Nicola et éteignit la lampe de chevet.

Il y aurait d'autres occasions, se promit-il en serrant les dents.

A son réveil, Nicola roula sur le côté pour retrouver la chaleur du corps musclé de son amant, mais elle ne rencontra que le vide. Ouvrant les yeux, elle s'aperçut que l'oreiller près d'elle n'était même pas froissé.

Les sourcils froncés, elle tenta de se rappeler ce qui s'était passé la veille. Pendant qu'Abraham téléphonait dans la chambre voisine, elle s'était déshabillée, elle avait éteint le plafonnier, préférant la lumière plus intime de la lampe de chevet, puis elle s'était couchée entièrement nue, imaginant la flamme qu'elle verrait luire dans le regard de son amant quand il viendrait la rejoindre.

Ensuite… ? Elle s'était endormie.

Quelle amante passionnée elle faisait ! Abraham avait dû être très flatté…

Elle se redressa en entendant frapper à la porte de la chambre voisine. Quelques secondes plus tard, Abraham franchit la porte de communication vêtu d'un peignoir blanc brodé au logo de l'hôtel. Il sortait visiblement de la douche, il avait les cheveux encore humides et ses joues étaient rasées de près.

— Te voici enfin réveillée, jolie marmotte. Le petit déjeuner vient juste d'arriver. J'ai commandé de quoi nous rassasier.

Percevant une odeur de café frais, Nicola sentit son estomac se soulever.

— Je me contenterai d'un toast, murmura-t-elle.

Abraham lui sourit.

— Moi, j'ai une faim de loup.

Son ton indiquait qu'il ne parlait pas seulement de nourriture.

— Je suis désolée de m'être endormie, s'excusa-t-elle. Il faut croire que les événements de la soirée…

Elle rougit légèrement et baissa les yeux avant d'achever dans un murmure :

— … m'avaient épuisée.

Abraham s'assit au bord du lit et lui caressa la joue.

— J'aimerais beaucoup reprendre les choses où nous les avons laissées hier soir, mais Marcus et Dana nous attendent à Crofthaven Manor. Ils veulent fêter l'arrestation des membres du cartel colombien qui tentaient d'utiliser Danforth & Co pour blanchir leur argent sale et avaient fait accuser Marcus de racket.

— C'est merveilleux, se réjouit Nicola. Marcus et Dana doivent être soulagés et ravis. Et toi aussi.

— C'est une merveilleuse nouvelle. Je voulais te l'annoncer dès hier soir, mais tu dormais à poings fermés.

Il lui pinça gentiment la joue.

— On remet à plus tard ?

Ignorant les protestations véhémentes de sa raison, elle acquiesça d'un hochement de tête.

— Comme tu dormais encore, j'ai fait apporter le petit déjeuner dans ma chambre. Tu viens ? demanda Abraham en lui tendant la main.

La seule idée de manger lui redonna la nausée. Elle se força à sourire.

— Commence sans moi. Je prends une douche pour finir de me réveiller et je te rejoins dans cinq minutes.

Abraham haussa les sourcils.

— Je n'ai jamais connu une femme qui reste moins d'une heure dans une salle de bains.

Elle lui donna une tape sur la main.

— Ne sois pas médisant !

Repoussant le drap, elle se leva et se dirigea vers la salle de bains. Incapable de résister à la tentation que représentaient son dos lisse et sa chute de reins sensuelle, Abraham l'enlaça par la taille et caressa langoureusement son ventre nu.

— Je pourrais te savonner le dos, suggéra-t-il en lui mordillant l'oreille.

Elle résista vaillamment au trouble qui s'emparait d'elle et repoussa ses bras.

— Si tu continues, ton café va refroidir et nous arriverons en retard à la fête de Marcus et Dana à Crofthaven Manor.

Abraham soupira longuement.

— Si Marcus ne comptait pas sur nous, je t'assure que j'éteindrais mon portable et que nous passerions toute la journée au lit.

Tandis qu'il l'embrassait dans le cou, Nicola remercia le ciel qu'ils soient attendus à Crofthaven Manor. Jamais elle n'aurait pu rivaliser avec l'énergie et la forme de son amant toute la journée.

Tous les membres du clan Danforth et leurs proches étaient réunis dans le salon élégant de Crofthaven Manor, le Dom Pérignon coulait à flots et l'ambiance était euphorique.

Abraham leva sa coupe.

— A Marcus et Dana, deux équipiers unis par la quête de la vérité et l'amour. Puisse votre vie n'être que joie et rires à l'avenir.

Après avoir trinqué avec son fils et sa belle-fille, il choqua sa flûte avec celle de Nicola et enveloppa cette dernière d'un regard chaleureux.

— Tchin-tchin, dit-elle en trempant les lèvres dans son champagne.

Jusque-là, elle n'avait bu qu'un verre d'eau gazeuse, pourtant, elle avait l'impression d'être ivre. Ses jambes étaient molles comme du coton, la tête lui tournait. Le fait qu'elle n'ait pu avaler qu'un toast depuis le matin n'arrangeait pas les choses. Et elle avait les nerfs tendus à craquer.

Abraham était si attentionné, si tendre depuis leur retour d'Atlanta, qu'elle pouvait presque croire qu'ils avaient un avenir ensemble.

Presque…

Elle perçut soudain la voix d'Abraham qui semblait venir de très loin.

— Nicky, tu vas bien ?

Elle voulut le rassurer, mais des mouches se mirent à voler devant ses yeux. Sentant ses jambes fléchir, elle raidit son dos, mais à son grand désespoir, elle se sentit tomber.

Vif comme l'éclair, Abraham la saisit à bras-le-corps et jura dans sa barbe.

— Que se passe-t-il ? Tu es pâle comme la mort.

— Nicola !

— Nicola ?

Elle entendit l'inquiétude et la surprise dans les voix autour d'elle. Mais ensuite, un rideau noir tomba devant ses yeux et ce fut le néant.

Nicola était profondément mortifiée. C'était la première fois de sa vie qu'elle s'évanouissait. Après l'avoir allongée dans le lit de son ancienne suite, Abraham s'était précipité sur le téléphone pour appeler son médecin. Il faisait les cent pas dans la chambre, ordonnant d'une voix autoritaire que la secrétaire médicale lui passe le médecin sur-le-champ.

— Ce n'est pas nécessaire, je vais bien, maintenant, l'assura Nicola.

Elle voulut se lever, mais il revint près du lit en quelques enjambées.

— N'y pense même pas !

Dans le téléphone, Abraham lança :

— Dix minutes, pas une de plus. Merci, docteur Bernard.

— C'est ridicule, protesta Nicola en se redressant sur son oreiller.

Le fait que son compagnon la domine de sa haute taille ne l'aidait pas à se faire entendre.

— J'ai eu un malaise parce que je n'avais pratiquement rien mangé au petit déjeuner, c'est tout.

— Je te ferai monter un plateau dès que le médecin t'aura examinée, décida Abe. Et je resterai avec toi pour m'assurer que tu finis chaque plat jusqu'à la dernière miette.

Elle eut un haut-le-cœur rien qu'en y pensant.

— Je ne crois pas pouvoir manger beaucoup, j'ai un peu mal au cœur depuis quelques jours. C'est sans doute une banale grippe intestinale.

Elle lui lança un regard noir pour faire bonne mesure.

— Et tu vas peut-être l'attraper parce que tu m'as embrassée.

Abraham haussa les épaules.

— Je ne suis jamais malade.

Elle leva les yeux au ciel.

Les mains sur les hanches, il soupira :

— Je n'aime pas te voir souffrante.

C'était une bonne chose qu'il n'ait pas été avec elle toutes les fois où elle s'était effondrée sur son canapé parce qu'elle était saisie de vertiges ou de nausées.

— Je suis sûre que je n'ai rien de grave.

« Je suis juste enceinte », ajouta-t-elle *in petto*.

Abraham se frotta la nuque.

— Maintenant que j'y pense, tu étais un peu trop pâle ces derniers jours. Je vais demander au Dr Bernard de te prescrire des analyses de sang.

Et, bien sûr, il exigerait de voir les résultats !

Nicola se mordit la lèvre.

— J'ai fait un check-up récemment. Tout est parfaitement normal.

— C'est ce que nous verrons.

Abraham regarda sa montre.

— Puis-je aller te chercher quelque chose à manger ou à boire ?

Elle se sentait incapable d'avaler quoi que ce soit. Mais elle savait qu'elle devait se forcer, pour la seule raison qu'il fallait « nourrir » le bébé.

— Juste un peu de bouillon et des crackers.

Abraham achevait de donner ses instructions à sa gouvernante par l'Interphone quand on frappa à la porte de la chambre. Il courut ouvrir.

— Docteur Bernard ! Vous avez fait vite. Merci.

— Vous sembliez tellement inquiet que je me suis dit qu'il y avait une urgence, dit le médecin.

Agé d'une soixantaine d'années, il avait les cheveux et la moustache gris et un air paternel et débonnaire.

— Quel est le problème ?

Abraham revint vers Nicola.

— Cette jeune femme s'est évanouie alors que nous portions un toast. Elle dit que c'est parce qu'elle n'avait pas assez mangé au petit déjeuner et que de toute façon elle a mal au cœur depuis quelques jours.

Le médecin s'assit au bord du lit.

— Puis-je vous poser quelques questions ? demanda-t-il en prenant le pouls de la malade.

— Bien sûr, répondit Nicola. Mais Abraham exagère, je ne me suis pas vraiment évanouie. J'ai juste eu un moment de faiblesse.

— Nous allons voir ça.

Le Dr Bernard prit son tensiomètre dans sa sacoche.

— Si je ne l'avais pas rattrapée, elle serait tombée, raconta Abe. Elle aurait pu se fracturer le crâne, ou…

— Ne dramatise pas tout, soupira Nicola.

Il leva les bras au ciel.

— Tu étais livide ! J'ai cru que…

— Abraham, sortez ! coupa le médecin, à bout de patience. Vous agitez ma patiente.

Nicola faillit éclater de rire en voyant la mine stupéfaite d'Abraham. S'il était habitué à donner des ordres, il ne savait manifestement pas en recevoir.

— Je suis sérieux, insista le Dr Bernard comme Abraham restait campé devant le lit. Votre présence fait monter la tension de Mlle Granville.

Une lueur d'amusement brilla dans les yeux du maître de Crofthaven Manor.

— C'est bon de savoir que je ne lui suis pas indifférent.

Le médecin secoua la tête alors qu'Abraham refermait la porte de la chambre derrière lui.

— Cet Abraham, quel vaurien ! J'espère que vous savez à quoi vous vous exposez, ma chère.

— Que voulez-vous dire ? demanda Nicola.

— Simplement qu'Abraham Danforth obtient toujours ce qu'il veut et on dirait que c'est vous qu'il convoite.

Reprenant son sérieux, le Dr Bernard prit un bloc et un crayon dans sa sacoche de cuir noir :

— Parlez-moi un peu de ce malaise. Vous êtes effectivement pâlotte. Abraham a parlé d'un toast. Avez-vous bu de l'alcool à jeun ?

— J'ai juste trempé les lèvres dans ma coupe.

Le Dr Bernard la dévisagea longuement par-dessus ses lunettes à monture métallique.

— Depuis combien de temps avez-vous des nausées ?

Elle évita soigneusement son regard et marmonna :

— Quelques semaines. Mais cela ne dure jamais longtemps.

Il fronça les sourcils.

— Nous allons faire des analyses de sang...

— C'est inutile. J'ai fait un check-up récemment. Tout est en ordre.

En son for intérieur, Nicola regrettait que le médecin des Danforth soit si consciencieux.

— Vous n'avez pas de fièvre ? s'enquit-il.

Elle secoua la tête.

— Je vais bien. Abraham s'inquiète pour rien.

— Il veut vous protéger et prendre soin de vous, corrigea le Dr Bernard. Il a toujours été ainsi avec ceux qui lui sont chers.

Il s'éclaircit la voix.

— Vos nausées me préoccupent.

Après une légère hésitation, il demanda :

— Avez-vous fait un test de grossesse ?

Le premier réflexe de Nicola fut de lui assurer qu'elle n'était pas enceinte. Mais ce mensonge refusa de franchir ses lèvres.

— S'il était positif, enchaîna le médecin d'un ton dégagé, vous devez bien vous nourrir pour le bébé.

Paniquée, Nicola se mordit la lèvre. S'il parlait à Abraham, s'il lui disait qu'elle attendait peut-être un enfant… Elle leva des yeux affolés vers le praticien.

Le Dr Bernard lui tapota la main pour la tranquilliser.

— Le père est-il au courant ?

Renonçant à nier l'évidence, Nicola secoua la tête.

— Je vous en prie, supplia-t-elle d'une voix tremblante. Ne lui dites rien.

Le médecin rangea son stéthoscope et son tensiomètre dans sa sacoche.

— C'est promis. De toute façon je suis tenu au secret professionnel. Je suppose que vous avez vu votre gynécologue et qu'il vous a prescrit des vitamines et du fer. Les prenez-vous régulièrement ?

Eperdue de soulagement, Nicola s'adossa à la tête de lit et sourit.

— Bien sûr.

— Parfait.

Le Dr Bernard se leva.

— Buvez le plus possible et essayez de manger. Si vraiment vous ne pouvez rien absorber, restez couchée et reposez-vous.

Une fois devant la porte, il ajouta :

— Si je peux me permettre ce conseil, n'attendez pas trop longtemps pour apprendre à Abraham qu'il va être papa. Cela se saura tôt ou tard, alors mieux vaut que la nouvelle vienne de vous.

Nicola hocha la tête. Elle était entièrement d'accord. Le problème était de trouver comment annoncer cette nouvelle qui allait bouleverser leur relation.

Après le départ du médecin, Abraham rejoignit Nicola dans sa chambre et insista pour qu'elle passe la nuit à Crofthaven Manor.

Il lui proposa de regarder *La vie est merveilleuse* pendant qu'elle se forçait à boire le bouillon de poule que la cuisinière avait confectionné pour elle.

— Encore une cuillerée, l'encouragea-t-il lorsqu'elle reposa son bol à moitié plein sur la table de nuit.

Elle sourit.

— Sinon ?

Il s'empara de la cuiller.

— Une cuiller pour moi...

Il profita de ce qu'elle riait pour lui faire avaler du bouillon.

— J'ai l'impression d'avoir cinq ans, soupira-t-elle.

— Rassure-toi, pour moi, tu n'as rien d'une petite fille, déclara-t-il en fixant ses seins.

Le pouls de Nicola s'accéléra. Elle préféra changer de sujet.

— Je me demande quel père tu aurais été si tu n'avais pas été occupé à conquérir le monde.

Abraham se rembrunit.

— J'aime penser que j'aurais agi différemment.

Nicola se mordit la lèvre. Etait-ce le bon moment pour lui dire... ?

— Aimerais-tu avoir une autre chance ?

Il écarquilla les yeux.

— Tu me demandes si je voudrais un enfant ? Maintenant ?

Il rit avec incrédulité.

— Je suis assez vieux pour être grand-père. J'espère juste pouvoir profiter de mes petits-enfants suffisamment longtemps.

Il marqua une pause et la regarda en coin.

— Et toi ? J'ai toujours eu l'impression que tu vivais uniquement pour ta carrière. Tu as des regrets ?

— Qui n'en a pas ? biaisa-t-elle.

Avec un serrement de cœur, elle conclut que le moment était sans doute mal choisi pour lui parler de l'enfant qui grandissait chaque jour dans son ventre.

— Mais tu as raison, ajouta-t-elle. J'ai été tellement prise par mon travail que je n'ai pas eu le temps de me demander si je voulais des enfants.

— Et maintenant, ton horloge biologique te rappelle à l'ordre ?

Elle ravala un rire nerveux.

— Je ne me pose plus de question, dernièrement.

« Et pour cause. »

— Tu dois bien penser au mariage. Toutes les femmes rêvent de rencontrer l'homme idéal qui les emmènera à l'église dans une belle robe blanche.

Des souvenirs doux-amers revinrent à l'esprit de Nicola. Au lycée, elle avait été très amoureuse de son petit ami et elle avait effectivement espéré qu'ils se marieraient et qu'ils auraient beaucoup d'enfants.

Elle s'était lourdement trompée.

— Cela fait longtemps que je sais que le mari parfait n'existe pas et que la plupart du temps, les hommes sont source de problèmes. En fait, ils ont le don de vous quitter au plus mauvais moment.

Abraham hocha la tête.

— J'ai comme l'impression que tu as vécu une expérience douloureuse, je me trompe ?

— Rares sont les personnes qui n'ont pas eu un chagrin d'amour dans leur jeunesse. Toi, tu ne peux pas le savoir puisque tu as toujours eu les filles que tu voulais. Mais je crois quand même t'avoir entendu dire que tu t'étais donné du mal pour conquérir ton épouse.

Nicola émit un petit rire narquois.

— Cela n'a pas dû être pour te déplaire, d'ailleurs ! Tu as toujours adoré relever des défis.

Abraham esquissa un sourire en levant la main.

— Je plaide coupable. Chloé était la débutante de l'année, nous étions trois à nous disputer sa main. Le jour où elle a accepté de m'épouser, j'ai eu le sentiment enivrant d'avoir remporté un concours d'endurance.

— Pourquoi crois-tu qu'elle t'a choisi, toi ?

— Tu veux la vérité ?

Abraham soupira longuement.

— Elle voulait être la maîtresse de Crofthaven Manor.

Nicola n'en crut pas ses oreilles.

— Je suis sûr que tu te trompes. Elle ne pouvait qu'être amoureuse de toi.

— Nous étions tous les deux égoïstes et égocentriques comme le sont souvent les jeunes. Elle était mon trophée, Crofthaven Manor était son palais.

Abraham affronta son regard.

— Ni elle ni moi n'avons été heureux. Je ne suis manifestement pas doué pour le romantisme et les relations de couple.

— Ça dépend, murmura Nicola.

— De quoi ?

— Des leçons que t'a enseignées le passé et si celles-ci t'ont donné envie de changer.

Il lui caressa la joue.

— Et toi, qu'as-tu retiré de tes expériences avec les hommes ?

— J'ai appris à ne pas compter sur eux, répondit-elle sans hésiter. Et à ne pas les laisser diriger ma vie.

— En résumé, tu es mariée à ton indépendance.

« Plus maintenant », pensa-t-elle en passant la main sur son ventre encore plat.

Tendrement, Abraham enlaça ses doigts aux siens.

— Tu as encore mal au cœur ?

Elle le rassura d'un sourire.

— Ce doit être le contrecoup du stress de la campagne.

Sa main nichée dans celle d'Abe, elle se sentait vulnérable et protégée en même temps. Une sensation qu'elle ne tenait pas à approfondir.

— Nous avons passé pratiquement un an ensemble et pourtant j'ai l'impression de très peu te connaître, murmura Abe.

Elle haussa les épaules.

— Nous étions constamment occupés à élaborer des stratégies politiques. Ce n'était pas une occasion idéale pour faire connaissance.

— Mais maintenant, nous avons tout notre temps.

« Tu te trompes, pensa-t-elle, la gorge serrée. Il nous reste à peine quelques semaines. Ensuite, nos chemins se sépareront pour toujours. Tu t'installeras à Washington et moi je partirai pour la côte Ouest. »

Le surlendemain soir, après le dîner de répétition du mariage d'Adam et de Selene, Abraham invita tous les hommes à partager un dernier verre dans son bureau. Là, les frères d'Adam lui annoncèrent qu'ils avaient réservé une table dans un bar réputé du quartier historique pour l'aider à enterrer dignement sa vie de garçon.

Le futur marié fut loin d'être enthousiasmé par ce projet.

— Si à cause de vous j'ai le moindre problème avec Selene je ferai de votre vie à tous un enfer, promit-il, le visage sombre.

Ian sourit et lui tapota l'épaule.

— Ne t'inquiète pas, frérot. Nous n'avons rien prévu d'indécent ou de scandaleux. Nous avons tous des épouses à qui nous devons rendre des comptes.

Adam soupira longuement.

— J'aurais quand même préféré rester au calme avec Selene. Demain, ce sera le chaos.

— A l'heure qu'il est, nos charmantes épouses et ta fiancée sont déjà en ville, informa Marcus.

Adam haussa les sourcils.

— Selene m'a dit qu'elle rentrait chez nous pour se reposer et être fraîche comme une rose pour la cérémonie de demain.

— C'est effectivement ce qu'elle avait prévu, confirma Ian.

Riant sous cape, il ajouta :

— Mais je tiens de source sûre qu'elle a été kidnappée et emmenée dans un de ces endroits où les femmes glissent des billets dans le string de beaux mâles musclés.

Abraham faillit éclater de rire en voyant l'inquiétude qui se peignait sur le visage d'Adam. Il lui tapota affectueusement l'épaule.

— Ne te fais pas de souci, fiston. Selene est folle de toi.

Il leva son verre.

— Avant que vous ne partiez tous, je voudrais porter un toast. Buvons tous à la santé d'Adam, un frère et un ami merveilleux, et un fils dont je suis extrêmement fier.

Le cœur débordant de tendresse, il s'adressa ensuite à Adam.

— Je te souhaite tout le bonheur du monde.

Ses autres fils et leurs amis exprimèrent bruyamment leur assentiment et vidèrent leur verre d'une traite.

— Il est temps de nous mettre en route, Adam, dit Ian, l'aîné des fils Danforth.

— Si tu le dis, marmonna Adam.

Il se tourna vers son père.

— A ta place, papa, je me méfierais aussi. Pendant le dîner, j'ai entendu Jasmine proposer à Nicola de lui présenter un banquier qu'elle a interviewé la semaine dernière.

Abraham perdit sa bonne humeur d'un coup. Jasmine Carmody était une jeune et brillante journaliste. Elle avait récemment épousé Wesley Brooke, le meilleur ami d'Adam et de Ian. Wesley avait été recueilli à Crofthaven Manor à l'âge de quatorze ans par Harold et sa femme Miranda et tous les Danforth le considéraient comme un des leurs. En conséquence, sa jeune épouse Jasmine faisait partie de la famille elle aussi.

— On ne peut vraiment faire confiance à personne, maugréa Abraham. Pas même à sa famille !

7.

Adam et Selene étaient désormais mari et femme. En regardant son fils et sa belle-fille ouvrir le bal dans le salon du plus bel hôtel de Savannah entièrement loué pour la circonstance afin d'accueillir amis, relations et parents venus des quatre coins du monde, Abraham fut assailli par la mélancolie.

Il lui semblait que c'était seulement la veille qu'il avait appris la naissance d'Adam. Ce jour-là, comme souvent, il était en mission à l'étranger. Lorsqu'à son retour il avait tenu son fils dans ses bras pour la première fois, il avait senti son cœur de gonfler de fierté et de tendresse, et en même temps il avait été angoissé par la nouvelle responsabilité qui lui incombait. Il s'était alors fait le serment que ses enfants auraient tout ce qu'ils pouvaient désirer et seraient fiers de lui.

Avait-il tenu sa parole ? La réponse qui fusa dans son esprit lui serra le cœur, ravivant ses regrets et ses remords. Mais soudain, il respira une bouffée de parfum familier, sa tension se dissipa légèrement.

— Comment va le père du marié ? demanda Nicola avec un grand sourire.

— Pas très bien, admit-il en tirant sur son col de chemise.

Le parfum qui émanait des guirlandes de roses et d'orchidées, le brouhaha des conversations, des rires et de la musique lui donnaient mal à la tête.

— J'ai besoin de prendre l'air. Tu m'accompagnes ?

Nicola n'hésita pas une seconde.

— Avec plaisir.

Une main posée au bas de son dos, il la conduisit sur la terrasse de pierre qui dominait le parc et inspira avec délices l'air frais de la nuit. Voyant Nicola frissonner, il ôta rapidement sa veste.

— Mets vite ça.

— Je vais bien, protesta-t-elle.

Elle resserra néanmoins le vêtement autour d'elle, savourant le parfum épicé qui s'en dégageait.

— Et toi ? demanda-t-elle tendrement. Comment te sens-tu ? Tu semblais morose, il y a quelques minutes.

Il n'essaya même pas de nier.

— Je pensais à toutes ces années où je n'ai pas été là pour mes enfants.

Durant quelques secondes, seule la musique qui provenait de la salle de bal troubla le silence.

— Je comprends, dit Nicolas.

Elle lui serra gentiment l'épaule.

— Tu ne peux pas refaire le passé, Abe. En revanche, tu peux faire en sorte que le présent et l'avenir soient différents.

— Tu es bien sage pour ton jeune âge, commenta Abraham en plongeant son regard dans le sien.

Plus il se retrouvait en sa compagnie, plus il était heureux. Il ne savait pas comment il pourrait se passer d'elle si elle persistait à refuser de le suivre à Washington.

— Je ne suis pas si jeune que ça ! protesta la jeune femme.

Secouant la tête, Abraham la prit dans ses bras.

— Que fais-tu ? s'écria-t-elle.

— Je suis ton conseil. Tu m'as dit de profiter du présent et de l'avenir, alors je veux danser sous les étoiles en compagnie d'une femme dont la beauté me coupe le souffle.

Nicola ferma brièvement les yeux.

— Tu ne devrais pas dire ça.

— Pourquoi ?

— Je ne te crois pas.

— As-tu oublié à qui tu parles ? Je suis Abraham Danforth, le dernier homme politique honnête d'Amérique, celui qui dit toujours la vérité, même si elle n'est pas bonne à entendre.

Le cœur bourrelé de remords, Nicola baissa les yeux. Elle ne pouvait pas revendiquer la même franchise. Si Abraham savait ce qu'elle lui cachait, s'il devinait qu'elle avait l'intention de le quitter et qu'elle avait commencé à chercher du travail en Californie, il serait atterré.

En fin de soirée, Selene annonça qu'elle allait lancer son bouquet. Un sourire amusé aux lèvres, Abraham et son frère Harold se placèrent en retrait pour observer toutes les femmes célibataires qui jouaient des coudes pour se rapprocher de la mariée.

Du coin de l'œil, Abraham remarqua que Jasmine, l'épouse de Wesley Brooks, incitait Nicola à entrer dans la mêlée, mais que cette dernière secouait la tête avec véhémence.

Cédant à la curiosité, il s'approcha d'elles pour entendre leur conversation.

— Allons, Nicola, insistait Jasmine. Tout le monde est casé. Pourquoi pas toi ?

— Parce que je ne veux pas me marier.

— Tu dis ça parce que tu n'as pas encore rencontré l'homme qui te convient, c'est tout.

— Je t'assure que…

Le bouquet décrivit un arc de cercle dans les airs et atterrit aux pieds de Nicola. Avec un soupir exaspéré, cette dernière le poussa vivement du pied.

— Il est encore vivant ! cria-t-elle. Prenez-le avant qu'il ne meure.

Puis elle recula précipitamment pour éviter la horde de femmes qui plongeait vers le parquet.

Abraham entendit son frère Harold rire doucement.

— J'ai toujours pensé que cette coutume avait quelque chose de primitif.

Une femme échevelée mais radieuse se releva et agita le bouquet comme un trophée.

— Elles croient vraiment que celle qui parvient à s'emparer du bouquet sera la prochaine à se marier ? demanda Abraham avec incrédulité.

Son frère haussa les épaules.

— Elles veulent surtout mettre toutes les chances de leur côté, donner un petit coup de pouce au destin. Ce que je ne m'explique pas, c'est pourquoi Nicola est restée à l'écart.

— Elle est trop indépendante pour envisager de se marier, soupira Abe.

L'attitude de Nicola l'emplissait d'une irritation inexplicable. Il ne savait pas pourquoi, mais il aurait préféré que la jeune femme ne soit pas si farouchement résolue à rester célibataire.

— Chloé s'est fait prier aussi, rappelle-toi, dit Harold. Mais tu as fini par la convaincre de t'épouser.

Abraham hocha la tête.

— Cela n'a pas été sans mal. Je lui ai fait la cour pendant plusieurs mois.

— Elle était l'exception qui confirme la règle. Avant et après elle, tu n'as jamais eu besoin de te mettre en quatre. Toutes les femmes sont venues à toi sans que tu lèves le petit doigt !

Toutes sauf celle qu'il voulait si ardemment. Cette vérité s'imposa soudain à Abraham avec la clarté aveuglante d'un éclair dans la nuit. S'il voulait Nicola, il devait la courtiser. Et pour que sa cour ait la moindre chance de succès, il devait tout connaître de ses goûts, de ses hobbies, de ses passions.

Il savait déjà que Nicola préférait le vin blanc au vin rouge, même si dernièrement, elle ne buvait que de l'eau ou du thé, et il avait remarqué qu'elle grignotait des Mars à longueur de journée quand elle était stressée. Mais c'était loin d'être suffisant.

Dès demain, il se mettrait en quête de plus d'informations pour mieux cibler son « attaque ». Car il allait agir en fin stratège pour conquérir son cœur. Il n'avait pas fait partie d'un commando de marine pour rien !

— Nicola, on m'a donné deux billets pour le ballet *Casse-noisette*, l'informa-t-il l'après-midi suivant. Viens avec moi.

La jeune femme leva les yeux du discours qu'il pensait prononcer lors de sa première apparition au Sénat.

— C'est une invitation ou un ordre ?

— Une invitation, bien sûr.

Conscient d'avoir parlé comme un chef militaire habitué à être obéi au doigt et à l'œil, Abraham reprit d'une voix plus douce :

— Cela te plairait de m'accompagner ?

— Je ne suis pas une passionnée de ballets, mais j'avoue que j'ai toujours eu envie de voir celui-ci. Cela me mettra peut-être dans l'esprit de Noël.

— A propos, tu viens le 25 décembre à Crofthaven Manor, n'est-ce pas ? Tout le monde compte sur ta présence.

— Je ne sais pas, murmura Nicola. Pour être franche, j'avais pensé passer les fêtes au calme chez moi.

— Laisse-moi me joindre à toi alors, je t'en prie, supplia Abraham avec une mine de conspirateur.

Elle rit doucement.

— Tu plaisantes, j'espère.

— Pas du tout.

Abraham fronça les sourcils.

— Cela te dérangerait que je reste avec toi quelques jours ? Tu pourrais considérer que tu fais une bonne action en accueillant un ami en détresse.

Nicola éclata de rire.

— J'ai du mal à imaginer que tu puisses avoir besoin d'être secouru en quoi que ce soit !

Abraham s'agenouilla devant elle.

— Tu te trompes. J'ai besoin d'aide pour trouver le chemin du cœur d'une femme qui me rend fou.

Nicola le dévisagea avec méfiance.

— Qu'attends-tu d'elle ?

— Pas la lune, assura Abraham en lui caressant le genou. Juste chaque minute et chaque seconde de ses journées, son entière attention, son esprit, son corps et son cœur.

Nicola écarquilla les yeux.

— Tu te contentes de peu, ironisa-t-elle. Mais toi, qu'es-tu prêt à offrir en retour ?

Abraham garda le silence. D'accord, Nicola marquait un point. Il était peut-être trop exigeant.

— Tu as toujours été trop intelligente, soupira-t-il.

— Abe, tu n'as jamais entendu dire qu'il ne faut pas demander aux autres plus que ce que l'on est prêt à leur donner ?

— J'ai toujours appliqué ce principe de réciprocité quand j'étais dans l'armée. J'étais prêt à donner ma vie pour mes camarades parce que je savais qu'ils en feraient autant pour moi s'il le fallait.

— Dans la vie de couple, les choses sont moins dramatiques, heureusement, remarqua Nicola. On choisit juste dans quel restaurant aller dîner, la couleur de la tapisserie des murs, celui qui lit le journal en premier. Ou qui va se lever pour changer le bébé qui pleure.

Abraham leva le menton.

— J'ai déjà changé un bébé.

— En pleine nuit ?

— Non, bien sûr. Nous avions une nourrice.

Songeur, il se frotta la joue. Nicola avait le don de l'amener à réfléchir, c'était en partie ce qui le fascinait et le frustrait chez elle. Mais pour l'instant, il voulait obtenir des réponses à certaines questions.

— Qu'as-tu pensé des guirlandes de roses et d'orchidées au mariage d'Adam et Selene ?

— J'ai trouvé que le mélange de rouge de blanc était magnifique et un très joli rappel de l'approche de Noël.

— Quelles sont tes fleurs préférées ?

Nicola haussa les épaules.

— J'aime les bouquets insolites. Je n'ai jamais été une adepte des roses rouges.

— La pièce montée t'a plu ?

— Elle était impressionnante et surprenante. Faire des choux au chocolat noir, au chocolat blanc et à la vanille pour plaire à tous était une idée de génie.

— J'aurais préféré une forêt-noire, confia Abe.

— Vraiment ? J'aurais pensé que c'était la tarte aux pommes. Tu en as commandé souvent pendant la campagne.

Abraham fut secrètement flatté qu'elle ait remarqué ce détail.

— La tarte aux pommes est mon deuxième dessert préféré, affirma-t-il.

Nicola eut un petit rire.

— Moi, j'adore le gâteau marbré, mais cela ne convient pas pour un mariage. Et tant mieux, car j'aurais détesté partager. Quand j'en fais, je m'assure qu'il sera pour moi toute seule.

Abraham secoua la tête.

— Petite égoïste ! Tu en manges souvent ?

— Une fois par an. Sinon, je grignote…

— Des Mars, je sais, acheva-t-il en jubilant devant son étonnement.

— Et toi, tu avales des pastilles à la menthe les unes derrière les autres quand tu as fait un repas trop copieux.

— Tu es trop observatrice.

— Justement, j'observe que nous nous sommes écartés du sujet. Noël approche à grands pas. As-tu des préparatifs à faire ?

Il hocha la tête.

— Comme chaque année, j'aide « Les Anges de Noël ». Tu sais, on achète dans certains magasins ou dans la rue un sapin sur lequel est épinglée la commande d'un enfant dans le besoin et on se charge de tout acheter et de livrer les sapins et les cadeaux à l'Armée du Salut. Je vais demander à ma secrétaire de …

— Pas question ! coupa Nicola les yeux brillants d'excitation. Moi aussi je participe à cette opération chaque année. J'adore faire ce genre de courses. Combien d'anges parraines-tu ?

— Quinze.

Elle resta bouche bée.

— Quinze ? répéta-t-elle lorsqu'elle recouvra la voix. Moi, j'en parraine seulement deux.

Abraham se méprit sur sa réaction.

— Ne t'inquiète pas. Je vais demander à ma secrétaire de se charger d'acheter les jouets.

Le visage réprobateur, elle secoua la tête.

— C'est ainsi que tu procèdes chaque année ?

Abraham haussa les épaules.

— Quinze anges me semblaient suffisants étant donné que je fais également des dons à d'autres œuvres de charité.

— Je ne voulais pas dire que tu n'étais pas assez généreux. Je pensais juste que tu pourrais faire les courses toi-même.

« Je déteste faire les magasins », faillit-il répondre. Mais il reprit juste à temps, entrevoyant une occasion de passer plus de temps avec elle.

— Pourquoi pas, si tu m'aides ?

— Volontiers.

110

Nicola avait suggéré d'aller au supermarché à minuit. En entrant dans le magasin, Abraham s'étonna de le trouver bondé.

— J'ignorais que ce centre commercial restait ouvert après minuit.

— Il est ouvert vingt-quatre heures sur vingt-quatre jusqu'à Noël, précisa Nicola. Tu peux revenir toutes les nuits si ça te chante.

Abraham eut un haut-le-corps.

— Non, merci.

— J'ai proposé de venir tard parce que ni toi ni moi n'aimons faire la queue. Et surtout, j'ai pensé qu'après tous les bains de foule que nous avons pris pendant la campagne, nous aimerions être au calme.

— Bonne déduction, approuva Abraham.

Il se demandait déjà comment expédier les courses et passer le reste de la nuit dans le lit de sa compagne.

— Voilà ce que je te propose : tu t'occupes des jouets pour garçons, je me charge des jouets pour les filles et de tous les habits.

— D'accord.

Abraham choisit tous les jouets commandés par des garçons en un temps record. Par précaution, il ajouta deux trains électriques et quelques gadgets amusants dans le Caddie, puis il partit à la recherche de Nicola.

Il la trouva au rayon layette.

— Regarde ce que j'ai trouvé ! s'écria-t-elle en agitant un manteau blanc avec des moufles assorties.

— C'est mignon, approuva-t-il. Prends-le. As-tu déjà trouvé tous les vêtements pour garçons ?

En voyant les salopettes qu'elle sortait du Caddie, il fit la grimace.

— Qu'est-ce qui ne va pas ? demanda Nicola perplexe.

— Le velours rouge, c'est pour les filles.

— Pas du tout ! Cela fait très Noël.

Abraham secoua la tête.

— A ta place, je prendrais les mêmes en bleu ou en vert. Mais surtout, évite la dentelle et le satin. Tu vas traumatiser ces pauvres garçons dès leur plus jeune âge.

Nicola leva les yeux au ciel.

— Je n'aurais jamais pensé que tu avais des préjugés concernant les vêtements pour bébé.

— Je n'en ai pas, se défendit-il en allant reposer les salopettes rouges dans le rayon.

Après les avoir remplacées par des ensembles de velours bleu, il ajouta :

— Je pense juste qu'il vaut mieux commencer dans la vie avec des vêtements appropriés à son sexe. D'autant que la plupart du temps, les bébés sont chauves et qu'on ne peut distinguer les garçons des filles que par ce qu'ils portent.

Estimant la question réglée, il demanda :

— Que nous faut-il d'autre ?

— Des nids d'ange et des couvertures, répondit Nicola après avoir consulté sa liste.

— Pour garçon ou fille ?

— Cela n'a pas d'importance.

— Tu te trompes. Nous devons nous assurer que personne ne prend nos garçons pour des filles et *vice versa*.

— Nos ? répéta Nicola.

Il confirma d'un hochement de tête.

— Nos anges de Noël.

Sans remarquer le regard oblique de sa compagne, il jeta une brassée de nids d'anges roses et bleus dans le chariot.

— Voilà qui résout le problème. J'ai déjà choisi les bicyclettes et les trottinettes. Le service clients doit les faire venir de l'entrepôt, nous pourrons passer les prendre dans deux jours.

— Parfait. Alors il ne nous manque plus que les livres, dit Nicola en se dirigeant vers le fond du magasin.

— Je n'en ai vu sur aucune commande, s'étonna Abe.

— Il n'y en avait pas. Mais j'estime qu'il n'est jamais trop tôt pour aimer lire. Je tiens à offrir un livre à chacun de nos anges.

La tête penchée sur le côté, il étudia attentivement son interlocutrice.

— Je n'aurais jamais pensé que tu avais l'instinct maternel ou que tu avais des principes concernant l'éducation des enfants.

— Cela prouve que tu me connais mal.

Sur cette repartie, Nicola lui tourna le dos et partit vers le rayon librairie comme une fusée. Il lui emboîta le pas avec un soupir exaspéré.

Un quart d'heure plus tard, ils arrivaient devant les caisses du supermarché, pratiquement désertes à cette heure avancée de la nuit. Tout en déposant le contenu de leur chariot sur le tapis, Abraham remarqua que Nicola avait acheté une quantité impressionnante de livres pour tous les âges : des imagiers, des livres en tissu parfumé, les aventures complètes d'Harry Potter, des bandes dessinées, un traité de puériculture…

— A qui destines-tu celui-ci ? demanda-t-il en tapotant le manuel. Les mamans de nos anges ont déjà appris à s'en occuper, tu ne crois pas ?

— Ce livre décrit les symptômes de toutes les maladies infantiles et donne des conseils très utiles, affirma Nicola.

Elle chercha son portefeuille dans son sac.

— Je règle mes courses à part, indiqua-t-elle à la caissière.

— Certainement pas, intervint Abraham en tendant sa carte de crédit à la jeune femme. Tu as choisi la plupart des cadeaux de mes anges, je règle.

— Je suis tout à fait capable de…

— Je le sais, dit-il en levant une main apaisante. Tu peux acheter ce que tu veux, mais cela me fait plaisir. D'accord ?

Incapable de résister à son regard enjôleur, Nicola rendit les armes.

— Merci.

— Tout le plaisir est pour moi.

Elle ne dit plus un mot pendant qu'ils regagnaient le parking et rangeaient leurs emplettes dans le coffre de la voiture. Dérouté par ce silence inhabituel, Abraham s'écria :

— Peux-tu m'expliquer ce qui se passe ?

Elle se mordit la lèvre.

— Que veux-tu dire ?

— Pour commencer, tu t'es fâchée quand je t'ai complimentée sur ton instinct maternel.

Elle haussa une épaule.

— J'ai plutôt eu l'impression que tu pensais que mon ambition professionnelle me rendait incapable d'aimer les enfants.

— Je n'ai jamais pensé ça !

— On aurait dit le contraire.

Le front buté, les lèvres pincées, elle croisa les bras et se tassa contre la portière.

— Nicky, soupira Abraham en s'installant au volant, j'ai du mal à te suivre, ces derniers temps. Tu me répètes sans cesse que nous devrions garder nos relations à un niveau strictement professionnel, mais tu admets que tu as des sentiments pour moi. Tu me dis que tu n'as pas envie d'avoir des enfants, mais tu te vexes quand je te dis que tu as un instinct maternel.

Elle prit une profonde inspiration et contempla le ciel étoilé avec demi-sourire.

— Ce doit être la pleine lune qui réveille la mégère en moi.

Ses sautes d'humeurs et sa susceptibilité étaient surtout dues à ses hormones, pensa Nicola en arrivant chez elle. Depuis qu'elle était enceinte, elle ne se reconnaissait plus, tantôt elle avait envie de gifler Abe, tantôt elle avait envie de se pendre à son cou et de le dévorer de baisers.

En cet instant précis, elle était très tentée de l'embrasser. Il était terriblement sexy, ses muscles saillant sous l'effort alors qu'il portait les sacs de jouets, de vêtements et de livres dans son salon.

Elle leva mentalement les yeux au ciel. Ce n'était pas avec de telles idées qu'elle allait parvenir à garder ses distances !

— Merci beaucoup pour ton aide. Je vais tout trier, préparer les commandes pour chacun de nos anges et faire les paquets cadeaux. Comme ça, demain, j'apporterai le tout au dépôt de l'Armée du Salut.

Abraham fronça les sourcils.

— Il est hors de question que tu portes tout ça toute seule. Nous pouvons faire notre livraison ensemble dans deux jours, quand j'aurai récupéré les vélos et les trottinettes.

Il ouvrit un sac.

— Commençons le tri. Ici, j'ai deux nids d'ange roses…

— Il y en a un pour Carmelita et un pour Heather, informa Nicola après avoir consulté les commandes.

— J'ai aussi un camion de pompier… non, deux.

— Ils sont pour Will et Eli.

Deux heures et demie plus tard, tous les sacs étaient vides et il y avait dix-sept piles de paquets cadeaux sur le tapis du salon.

— Il ne reste que le traité de puériculture, constata Abe.

— Je pensais l'offrir à la maman de Carmelita, improvisa Nicola.

Elle se promit mentalement de récupérer le livre dès qu'elle serait seule.

Les mains sur les hanches, Abraham considéra les paquets et sourit.

— On dirait que le Père Noël est déjà passé.

— C'est le cas, et c'est grâce à toi, acquiesça Nicola.

Incapable de résister à l'envie de l'embrasser, elle se mit sur la pointe des pieds et l'enlaça. Ce qui avait commencé comme un baiser chaste et léger se transforma rapidement en une explosion de passion.

— A quoi dois-je ce plaisir ? demanda Abraham quand elle s'écarta pour reprendre son souffle.

— C'est sans doute l'effet shopping, plaisanta-t-elle en lui tendant de nouveau les lèvres.

Se remémorer leur discussion sur les couleurs que les bébés devaient porter selon qu'il s'agissait de filles ou de garçons n'aurait pas dû l'émouvoir ou l'exciter, pourtant c'était le cas.

— Laisse-moi comprendre, murmura Abraham en l'embrassant dans le cou. Tu es tout émoustillée parce que nous avons fait des courses à minuit ?

Elle passa les mains sous son pull de cashmere et parcourut les muscles durs de son torse avec un soupir de volupté.

— Je sais, je suis folle. Prends tes jambes à ton cou tant qu'il est encore temps !

— Certainement pas ! s'écria-t-il en resserrant son étreinte. Mais j'avoue que je comprendrais mieux ta réaction si nous avions fait un petit tour chez Cartier ou chez Tiffany's plutôt qu'au supermarché.

Elle rit contre son cou.

— C'est ta générosité qui m'a émue, le fait que tu t'es investi dans nos courses, même si tu as des *a priori* saugrenus sur la couleur des nids d'ange et des vêtements pour enfants.

Abraham gémit alors qu'elle lui déposait une pluie de baisers dans le cou.

— J'ai envie de toi, chuchota-t-il.

La prenant aux hanches, il la plaqua intimement contre lui.

— Dis-moi que tu n'es pas trop fatiguée, supplia-t-il.

— J'ai fait la sieste avant que tu n'arrives. Je suis en pleine forme.

Nicola savait qu'elle jouait avec le feu. Mais il était trop sexy, trop tentant. Jamais elle n'avait éprouvé ce désir ravageur, ce besoin viscéral de lui appartenir entièrement.

Elle avait combattu ses sentiments de toutes ses forces, elle avait fait de son mieux pour garder ses distances jusqu'à ce qu'il parte pour Washington. Mais soudain, l'attrait du fruit défendu était trop fort, la perspective d'une nuit de passion, trop excitante.

La lave de la passion déferlant dans ses veines et balayant ses derniers scrupules, elle approcha la main de la taille d'Abraham et descendit ses doigts en une lente caresse appuyée.

— Si tu continues ainsi, je te prends là tout de suite, chuchota-t-il d'une voix rauque.

Le sourire de Nicola se fit provocant.

— Promis ?

Pour toute réponse, il l'allongea sur le tapis et lui arracha son pull, puis il dégrafa son soutien-gorge d'un revers de pouce.

— Quelle dextérité ! commenta-t-elle, le souffle court alors qu'il s'appropriait ses seins.

— C'est un reproche ?

— Disons que cela m'ennuie de penser à l'expérience qu'il faut avoir pour acquérir ce genre d'adresse.

Abraham rit contre sa gorge.

— Quand j'étais adolescent, j'ai pris un soutien-gorge de ma mère dans sa commode et je l'ai attaché au dossier d'une chaise pour m'exercer.

Elle sourit à cette image.

— Dans ce cas, ton habileté ne m'ennuie plus.

Abraham fit glisser le jean de sa compagne sur ses cuisses.

— Je veux t'ennuyer autant que tu me perturbes.

Lorsqu'elle fut entièrement nue, il s'allongea sur elle et mordilla la pointe de ses seins tout en explorant la vallée humide de désir entre ses cuisses en lents va-et-vient langoureux.

Ivre de passion et de frustration, elle plaqua les mains sur ses reins pour l'attirer en elle.

— Je n'en peux plus. Viens. Maintenant.

— Laisse-moi prendre de quoi nous protéger dans mon porte-feuille, gémit-il.

— Ce n'est pas la peine.

S'il la faisait languir une minute de plus, elle allait devenir folle.

Abraham se souleva sur un coude et la dévisagea avec étonnement.

— Tu prends la pilule ?

Elle évita son regard.

— J'ai vu mon médecin.

Rassuré, il se positionna entre ses jambes accueillantes et l'emplit de sa force et de sa chaleur. Elle se souleva à la rencontre de ses mouvements impétueux des hanches avec un soupir de soulagement.

— Encore, Abe. C'est tellement bon.

Enivré par sa fougue, il renonça à contenir la tornade qui jaillissait dans ses reins. Il la posséda, presque sauvagement. Elle se livra à lui de tout son cœur, de toute son âme, savourant le bonheur de sentir ses mains et sa bouche sur ses seins tendus par la passion, le poids de son corps se perdant dans le sien.

Il était le père de son enfant. Il était l'homme le plus excitant et sexy de la terre.

Et pour cette nuit, il lui appartenait entièrement.

8.

Nicola avait toutes les peines du monde à faire partir Abraham de chez elle.

— Le soleil se lève à peine, plaida-t-il alors qu'elle le poussait vers l'entrée. Laisse-moi te ramener dans ton lit.

Elle ravala un gémissement. Ils s'étaient aimés avec une passion débridée jusqu'au bout de la nuit. L'idée d'une autre étreinte excitante la faisait frissonner de plaisir.

— Tu dois partir, insista-t-elle. Ta voiture est encore devant chez moi. Imagine que des journalistes l'aient remarquée…

Abraham haussa les épaules.

— Quelle importance ? La campagne est terminée.

— Maintenant que tu es sénateur, le public sera encore plus friand de nouvelles concernant ta vie privée. La curiosité des médias va devenir insatiable.

— Je préfère quand c'est toi qui es insatiable, répliqua Abraham avec une œillade torride.

Elle recula prudemment de quelques pas pour ne pas céder à la tentation de revenir dans ses bras.

— Cesse de me faire du charme ! Ce n'est pas juste que ce soit moi qui dois être raisonnable pour deux !

— Partons en week-end. Juste toi et moi.

Cette suggestion fit bondir le cœur de la jeune femme. Deux jours et deux nuits seule avec Abe, à explorer librement chaque

119

parcelle de son corps excitant sans devoir tenir compte de l'heure…

Au prix d'un gros effort, elle rassembla ses défenses faiblissantes.

— Tu comptes réserver au nom de Smith et porter une cagoule pendant deux jours, peut-être ?

Secouant la tête, elle alla ouvrir la porte et demanda :

— Que te prend-il, Abraham ? Ce n'est pas ton genre de faire fi de toute discrétion.

Abraham vint derrière elle et l'enlaça étroitement.

— Je te l'ai dit : je veux une vraie relation avec toi. Je suis prêt à tout pour te garder.

« Même à m'épouser et à élever notre enfant ? » Ravalant cette question à grand-peine, elle se força à hausser les épaules avec nonchalance.

— Tu veux surtout que je t'aide à passer de l'état de simple citoyen à celui d'élu en vue et à t'adapter à ta nouvelle vie à Washington.

Il soupira longuement.

— J'ignore jusqu'où je dois aller pour te convaincre que c'est *toi* que je veux et pas seulement une directrice de relations publiques, mais j'y arriverai, Nicky. Crois-moi.

La jeune femme ignora résolument l'espoir qui envahissait son cœur. Céder à la tentation de croire que tout finirait bien entre eux équivaudrait à sauter d'un avion sans parachute.

— Pour commencer, tu pourrais rentrer chez toi, suggéra-t-elle en se forçant à la désinvolture.

Abraham lui tapota le bout du nez.

— Je ne sais pas pourquoi tu fuis, chérie, mais où que tu ailles, je serai juste derrière toi.

*
* *

Le mercredi, Abraham passa prendre Nicola pour aller récupérer les bicyclettes et trottinettes au supermarché et apporter les commandes de leurs anges de Noël au dépôt de l'Armée du Salut, situé dans un grand centre commercial tout proche. Il leur fallut dix bonnes minutes pour trouver une place sur le parking.

En dépit des protestations de Nicola, Abraham ne la laissa porter que deux petits sacs de vêtements et cala deux tricycles et deux trottinettes sous ses bras.

— Je t'avais dit qu'il y aurait un monde fou, dit-elle alors qu'ils gagnaient l'entrée du centre commercial décorée de guirlandes dorées et de nœuds de satin rouge. Prépare-toi à prendre un bain de foule et à signer des autographes.

— Je suis en jean et baskets et ma casquette masque mon visage. Personne ne fera attention à moi.

Nicola secoua la tête.

— Tu as beau être avisé, tu es incroyablement naïf.

— Que veux-tu dire ?

— Tu attires le regard, quoi que tu portes. Les hommes se retournent sur toi parce qu'ils sentent la force qui émane de toi, les femmes parce que…

Elle le toisa avec un air entendu.

— Tu sais pourquoi…

Il se pencha vers elle et chuchota :

— J'adore quand tu me regardes comme si tu voulais me dévorer tout cru. Cela me donne l'espoir de pouvoir te garder pour moi tout seul, même si j'ai presque plus de vingt ans de plus que…

Nicola posa ses sacs et fit semblant de se boucher les oreilles.

— Si tu me chantes encore ton refrain sur notre différence d'âge, je me mets à hurler. Il me semble que nous avons réglé la question quand tu as dormi chez moi.

Abraham haussa un sourcil.

— A mon avis, répéter l'expérience consoliderait ta position.

Bien que la raison de Nicola lui ordonne d'ignorer cette provocation déguisée, un démon inconnu la poussa à répliquer :

— D'après ce que j'ai pu voir, passer une nuit entière ensemble consolide bien plus que ma position…

— Tout à fait, acquiesça Abraham avec un sourire carnassier et enjôleur. Raison de plus pour aller nous coucher dès que nous aurons effectué notre livraison !

Elle toussota pour masquer son trouble.

— Ne restons pas dans le passage. Nous gênons tout le monde.

Ils avaient tant de cadeaux à livrer qu'ils durent effectuer trois voyages de la voiture d'Abraham au dépôt de l'Armée du Salut.

Tandis qu'Abraham s'affairait à empiler les cadeaux au pied des sapins de leurs anges, Nicola remarqua que les passants s'arrêtaient pour le regarder. Elle paria en silence qu'ils ne resteraient pas incognito plus de cinq secondes.

— Un, deux…, commença-t-elle à compter à mi-voix.

— N'est-ce pas Abraham Danforth, notre nouveau sénateur ? demanda un homme.

— Si, c'est bien lui, confirma sa compagne.

— Regardez ! cria une autre femme. Le sénateur Danforth participe à l'opération des Anges de Noël.

Aussitôt, un attroupement se forma autour d'Abraham.

— C'est parti, lui chuchota Nicola.

Après lui avoir lancé un regard consterné, il agita la main en direction de la foule grossissante.

— Joyeux Noël à tous !

— Sénateur Danforth, j'ai voté pour vous, déclara un homme qui portait des jumeaux dans les bras. Pourriez-vous me signer un autographe ?

— Bien sûr, répondit Abraham avec un grand sourire.

Nicola le considéra avec fierté et émotion. Maintenant qu'il avait été reconnu, il allait devoir serrer des dizaines de mains, signer des autographes et poser pour des photos. Il le ferait de bonne grâce, parce qu'il était généreux et aimait faire plaisir aux autres.

En effet, durant les deux heures qui suivirent, Abraham s'arrangea pour trouver un mot aimable pour tous ceux qui l'approchaient. Même s'il se disait n'avoir pas passé beaucoup de temps avec ses fils et sa fille, il semblait parfaitement à son aise avec les enfants de tous âges.

Le cœur serré, Nicola le vit se pencher sur un bébé endormi dans son landau, puis caresser la joue d'un petit garçon qui pleurait. Elle se demanda s'il serait aussi tendre avec leur enfant, s'il en viendrait à l'aimer au lieu de le considérer comme un fardeau. Les larmes lui montèrent aux yeux alors qu'elle imaginait un petit garçon qui aurait les yeux bleus et les cheveux ondulés de son père.

S'essuyant furtivement les joues, elle inspira profondément.

« Reprends-toi, ma fille ! Ce n'est vraiment pas le moment de craquer. » Elle vit Abraham approcher d'elle et se composa un visage uni.

— Nicola, dit Abraham à voix haute et d'un ton pressant. A quelle heure a lieu ma réunion cet après-midi ?

Elle regarda ostensiblement sa montre.

— 16 h 30. Nous ferions bien de nous mettre en route, sénateur.

Retrouvant ses réflexes professionnels, elle s'avança vers la foule et déclara d'une voix forte :

— Le sénateur Danforth doit rencontrer des dirigeants de la majorité cet après-midi. Je sais qu'il aimerait beaucoup rester parmi vous mais il doit partir.

Lorsqu'ils parvinrent enfin à échapper aux admirateurs d'Abraham et à regagner leur voiture, Abraham soupira :

— Bon, tu avais raison. Comme toujours.

— Je t'ai dit que tu sous-estimais ton charisme, répliqua-t-elle. Même les bébés t'adorent. Ils sourient dès que tu les prends dans les bras.

— Je vais te confier un secret.

Abraham l'enlaça par l'épaule.

— C'est facile d'être gentil et patient avec les enfants quand on sait que leurs parents vont les récupérer !

Nicola lutta contre ses larmes alors que son cœur se brisait.

Comme chaque année, Abraham et son frère Harold se tenaient dans l'entrée et accueillaient amis, relations et parents venus à Crofthaven Manor pour la traditionnelle réception de Noël. Cependant, cette année, Abraham était distrait. Tout en échangeant poignées de main chaleureuses et embrassades affectueuses, il ne quittait pas la porte des yeux.

Où était passée Nicola ? Elle aurait déjà dû arriver depuis long-temps. Telle qu'il la connaissait, elle avait voulu éviter de faire la queue pour saluer les maîtres de maison et elle était entrée par la porte de service.

A l'heure qu'il était, elle était probablement confortablement assise dans la cuisine, en train de goûter les plats qui seraient servis au dîner et de siroter un verre de vin.

Ou plutôt une tasse de thé, corrigea intérieurement Abe. Dernièrement, elle ne buvait plus d'alcool. Et elle était d'humeur très changeante, tour à tour passionnée, irritable, réservée, ou mélancolique.

Jurant dans sa barbe, il se demanda une fois de plus pourquoi Nicola se comportait de manière si étrange avec lui, comme si elle voulait prendre ses distances, mais changeait constamment d'avis.

Il revint à la réalité quand son frère Harold lui donna un léger coup de coude.

— Faisons une pause. J'ai mal à la main.

La tension d'Abraham retomba. Son frère était une des rares personnes sur lesquelles il pouvait compter en toute circonstance.

— Miranda sera furieuse si nous dérogeons à la tradition, avertit-il.

Harold secoua la tête.

— Je lui expliquerai que nous avons préféré attendre le dîner pour saluer tout le monde au lieu de rester plantés dans l'entrée comme des sentinelles.

Du menton, il indiqua le bureau.

— On dirait que tu as besoin d'un remontant. Tu as une sale mine.

— Merci, tu me remontes le moral, répondit sèchement Abe.

Dès qu'ils furent à l'abri des oreilles indiscrètes, son frère demanda :

— Quel est ton problème ? C'est Nicola ?

Abraham prit le verre qu'il lui tendait et en but la moitié d'une traite.

— Y a-t-il quelqu'un dans cette famille qui ignore encore que j'ai un faible pour mon ancienne directrice de campagne ?

— La presse, j'espère, dit Harold, pince-sans-rire. Mais à mon avis, cela ne va pas durer.

— Je me moque éperdument de ce que pourront écrire les journalistes, s'écria Abraham avec humeur.

Son frère haussa un sourcil.

— Tu as l'intention de l'épouser ?

— Certainement pas. Tu sais aussi bien que moi que je n'ai pas l'étoffe d'un bon mari.

Avec un profond soupir, Abraham confia :

— J'ai toujours envié ta relation avec Miranda.

Harold sourit.

— J'ai eu beaucoup de chance. Ma femme est une sainte et elle a toujours su et compris que je ne voulais pas conquérir le monde. Alors, c'était facile de te laisser être le héros de la famille.

— Le héros a complètement raté sa vie privée, frérot.

Un sourire réconfortant aux lèvres, Harold haussa les épaules.

— Tu as fait de ton mieux, Abe. Tes enfants sont en bonne santé, ils ont reçu la meilleure éducation et ils gagnent bien leur vie.

Il ajouta avec humour :

— Tellement bien qu'ils ont les moyens de s'offrir une psychothérapie s'ils en éprouvent le besoin.

Abraham rit malgré lui. Recouvrant sa gravité, il serra affectueusement l'épaule de son frère.

— Merci. Je n'aurais pas pu avoir un meilleur frère.

— Dans ce cas, tu accepteras peut-être mon conseil, repartit Harold. Lorsque tu t'es marié avec Chloé, tu étais jeune et dévoré d'ambition. Maintenant que tu as atteint ton objectif et que tu as été élu sénateur, tu n'as plus rien à prouver. Je pense que tu es enfin prêt à vraiment partager la vie de quelqu'un.

Après un long silence, Abraham dévisagea son frère avec étonnement :

— Quand es-tu devenu si intelligent ?

Harold lui décocha un sourire narquois.

— Quand tu étais occupé à conquérir le monde, bien sûr !

À son grand soulagement, Nicola reprenait enfin goût à la nourriture. Ses nausées ayant disparu depuis trois jours, elle était bien décidée à goûter à tous les délicieux amuse-gueule que proposaient les serveurs en livrée et gants blancs qui sillonnaient les salons.

Comme une enfant gourmande, elle mangea allègrement des saucisses cocktail, des petits-fours, des canapés au caviar, puis elle mordit dans une fraise saupoudrée de sucre glace avec un soupir de plaisir.

— Ton estomac semble aller mieux, commenta une voix profonde derrière elle.

Son cœur fit un triple salto. Elle se demanda comment Abraham parvenait à associer humour et sensualité dans sa voix.

— Bien mieux, confirma-t-elle en se tournant vers lui.

Allongeant le bras pour prendre un mini-sandwich au foie gras sur le plateau d'un serveur, Abraham lui frôla l'épaule

— Délicieux, dit-il en plongeant son regard dans le sien. Mais je connais quelque chose d'encore meilleur.

Elle sentit son pouls s'affoler.

— Cela fait une heure que je te guette, reprocha-t-il. Pourquoi n'es-tu pas entrée par la porte principale avec les autres ?

— Je voulais te laisser savourer ta gloire sénatoriale avec tes amis et tes invités, plaisanta-t-elle.

Il leva les yeux au ciel.

— Tu dis des bêtises et tu le sais. Avoue que tu ne voulais pas faire la queue.

A mi-voix, il confia :

— Je me serais débrouillé pour te faire passer devant tout le monde, tu sais.

— Cela aurait été totalement inapproprié.

Nicola se lécha discrètement les doigts pour éliminer les traces de sucre glace.

— Tout le monde sait que je suis ton employée.

Une lueur de défi dans les yeux, Abraham lui prit la main et mordilla les doigts qu'elle venait de lécher.

— Tout le monde se trompe. Je vais remédier à cette situation.

Ravalant un cri de surprise, elle se dégagea vivement.

— Tu es fou ?

Abraham hocha la tête.

— De toi.

Nicola se raidit.

— Excuse-moi, je dois aller saluer la…

Il la prit par le coude et l'entraîna vers le fond du salon.

— Suis-moi, je veux te montrer quelque chose avant que tu prennes la fuite, petite froussarde.

— Je n'ai pas peur, répliqua-t-elle, piquée au vif. Je suis juste raisonnable, alors que toi, tu es complètement…

Elle s'interrompit et plissa le front, cherchant fébrilement le terme le plus approprié.

— Complètement quoi ? demanda Abraham d'une voix douce.

« Merveilleux, irrésistible, impossible… »

— Impossible.

— Tu as sans doute raison.

Abraham s'arrêta près d'un guéridon.

— J'ai demandé au chef de te préparer un petit cadeau.

Nicola suivit la direction de son regard et écarquilla les yeux.

— Incroyable, un gâteau marbré au chocolat !

Abraham confirma d'un sourire.

— J'en ai fait faire deux, pour que tu puisses en ramener un chez toi.

La gorge nouée par l'émotion, elle balbutia :

— Je… je ne sais pas quoi dire.

— Dis juste que je pourrai t'apporter moi-même l'autre spécimen après la réception.

Elle ne put contenir un sourire.

— Tu n'as pas l'intention de juste le déposer et de repartir, n'est-ce pas ?

Abraham haussa un sourcil.

— Cela t'ennuierait tellement que je reste dormir avec toi ?

— J'aperçois Harold et Miranda, marmonna-t-elle en reculant précipitamment. Je dois aller les saluer.

Le sourire entendu d'Abraham lui indiqua qu'il savait pertinemment qu'elle le fuyait.

— A tout à l'heure, ma belle.

De retour chez elle, Nicola se félicita d'avoir réussi à éviter Abraham durant toute la soirée. Elle posait son manuel de puériculture sur sa table de nuit et s'apprêtait à éteindre sa lampe de chevet quand elle entendit sonner à la porte d'entrée.

Son pouls s'affola. Elle n'avait pas besoin de descendre ouvrir pour connaître l'identité de son visiteur nocturne… Si elle faisait semblant de dormir, il se lasserait et repartirait.

Quelques secondes plus tard, le carillon retentit de nouveau. Elle ferma les yeux de toutes ses forces. Après un troisième coup de sonnette, elle compta jusqu'à dix, tentant de respirer normalement, mais son cœur menaçait d'exploser dans sa poitrine.

A bout de nerfs, elle sauta à bas de son lit et enfila sa robe de chambre. C'était ridicule !

Dévalant l'escalier, elle ouvrit la porte à la volée. Toujours en smoking, viril, imposant et sexy, Abraham lui sourit et brandit le gâteau marbré enveloppé dans du papier d'aluminium et un paquet enrubanné.

— Bonsoir, Nicky.

Les sourcils froncés, Nicola croisa les bras.

— As-tu vu l'heure ? Il est plus de minuit.

— Alors, bonjour, dit-il avec un sourire. Puis-je entrer ?

Elle aurait voulu avoir le courage de lui refermer la porte au nez. Mais elle redoutait qu'il se mette à tambouriner à sa porte pendant des heures. Elle avait des voisins, elle devait penser à sa réputation. Et également à celle d'Abraham.

A contrecœur, elle le laissa passer et referma la porte derrière lui.

— Abe, j'ai travaillé très dur pour t'aider à donner l'image d'un homme mûr, responsable et fiable aux médias et au public, rappela-t-elle d'une voix vibrante d'exaspération. Je ne veux pas que tu anéantisses mon travail en te faisant surprendre sur le pas de ma porte au beau milieu de la nuit.

Il secoua la tête.

— Il est hors de question que je change ou que je fasse semblant d'être ce que je ne suis pas pour faire plaisir à mes électeurs.

— Tu peux quand même être discret.

— Je le suis.

Après avoir posé le paquet sur la table basse du salon, Abraham se dirigea vers la cuisine. Les bras ballants, Nicolas le suivit et le regarda ranger le gâteau dans le buffet.

— Je pensais ce que je disais sur la nécessité d'être discret, insista-t-elle.

— Moi aussi.

— Le fait que tu gares ta voiture devant chez moi après minuit prouve le contraire.

— Reviens habiter à Crofthaven Manor et nous n'aurons plus ce genre de souci.

Il avait réponse à tout. Elle contre-attaqua.

— Tu refuses de regarder la réalité en face, accusa-t-elle.

Le regard brillant de détermination, Abraham la força à reculer contre le mur.

— C'est toi qui t'obstines à la nier, chérie.

Après un baiser torride et possessif qui la fit frissonner de désir inassouvi, il pivota et repartit vers l'entrée.

— Attends que je sois parti pour ouvrir ton cadeau. Je passerai te prendre demain soir à 7 heures.

Les sens encore en feu, elle cligna des yeux.

— Pour quoi faire ?

— Je suis invité à un cocktail chez Robert Billings.

— Ce n'est pas un événement politique. Ma présence n'est pas nécessaire.

Abraham avait manifestement prévu cette objection.

— Comme tu le sais, Billings a été mon plus grand donateur. Cela fait de sa soirée une obligation professionnelle pour nous deux.

Il ouvrit la porte.

— J'aimerais beaucoup rester, mais je préfère attendre que tu m'y invites.

Nicola le fixa sans mot dire. Il lui donnait le vertige. Après avoir forcé sa porte, s'être montré pressant et envahissant, il allait partir comme ça !

Abraham revint vers elle et lui caressa tendrement la lèvre inférieure du pouce.

— Pour que notre relation puisse progresser, tu dois admettre tes sentiments pour moi.

Progresser ? Mais dans quel sens ? se demanda la jeune femme, l'esprit en déroute.

Instinctivement, elle entrouvrit la bouche et aspira son doigt. Une flamme de désir brilla dans le regard d'Abe.

— C'est ce que tu fais quand je me glisse en toi, dit-il d'une voix rauque. Tu t'enroules autour de moi et tu me serres comme si tu ne voulais plus jamais me laisser partir. Je voudrais que tu me le dises à voix haute, pour que nous puissions aller de l'avant.

Irritée par son arrogance, elle enfonça les dents dans son doigt. Il se dégagea et rit doucement.

— Rappelle-toi le goût ma peau quand tu t'endormiras, dit-il en l'embrassant sur la joue. Et souviens-toi combien tu aimes m'avoir en toi.

Comme elle ravalait un gémissement de frustration, il lui mordilla savamment l'oreille.

— Il te suffit de dire un mot : « Reste. »

Tandis qu'il sortait sur le perron, elle remarqua qu'il semblait n'avoir aucune difficulté à marcher alors qu'elle-même devait s'agripper au chambranle de la porte pour ne pas tomber.

Il pouvait attendre longtemps avant qu'elle l'invite ! se promit-elle en le regardant monter dans sa voiture. Parce qu'elle mangerait tous ses sous-vêtements avant de lui demander de rester dormir chez elle.

9.

Elle devait être plus ferme avec Abe. Et bien sûr avec elle-même.

Tout en se préparant pour se rendre à un cocktail auquel sa présence n'était pas indispensable, en compagnie d'un homme avec qui sa raison lui commandait de ne pas passer tant de temps, Nicola se répéta ses bonnes résolutions pour la nouvelle année.

— Je ne dois plus apprécier autant ses baisers, dit-elle en enfilant ses escarpins noirs.

Tout en se donnant un dernier coup de peigne, elle corrigea :

— Plus de baisers du tout, c'est encore mieux.

En passant devant le salon, elle foudroya du regard le paquet enrubanné qu'Abraham avait laissé sur sa table basse.

— Et plus de cadeaux non plus.

Abraham Danforth était très riche. Il pouvait offrir le genre de cadeau qui gagnait le cœur de la plupart des femmes : des bijoux, des fourrures, des coupés sport.

Cependant elle n'était pas la plupart des femmes. Elle ne se laisserait pas attendrir ou acheter. Sa fierté lui interdisait d'accepter un présent onéreux de la part de son amant.

La vie aurait été plus facile si elle n'avait pas eu tant de principes. Sa voiture devenait capricieuse avec l'âge, et même si elle n'aimait pas particulièrement les bijoux, elle avait toujours rêvé en secret d'avoir un jour des boucles d'oreilles en diamants et un collier assorti.

Même si sa relation avec Abraham était secrète… *avait été* secrète, corrigea-t-elle avec un froncement de sourcils — cette relation appartenait désormais au passé, elle devait s'en souvenir — pour rien au monde elle n'aurait voulu que l'on puisse penser qu'elle avait été séduite par la fortune d'Abraham ou que ce dernier s'était acheté une maîtresse plus jeune que lui.

Alors, même si elle devait mourir de curiosité, elle n'ouvrirait pas ce paquet.

Son cœur se mit à battre la chamade lorsqu'elle entendit le carillon de la porte d'entrée. Ce n'était pas un bon début pour une femme qui était censée être calme, distante et hors d'atteinte !

Ordonnant à son cœur de reprendre un rythme normal, elle alla accueillir son visiteur.

Ses défenses vacillèrent dangereusement dès qu'elle vit Abe, superbement élégant et séduisant. Et quand il lui tendit un bouquet splendide et insolite, un savant mélange de roses rouges et blanches, d'œillets, de fougères, de houx et de muscaris, elles menacèrent de s'écrouler entièrement.

— J'ai demandé au fleuriste de suggérer l'ambiance de Noël. Qu'en penses-tu ?

— Je pense que tu n'aurais pas dû, soupira-t-elle.

Comment aurait-elle pu rester de marbre alors qu'il avait pris la peine de choisir les fleurs lui-même au lieu de se contenter de demander à sa secrétaire de passer une commande au fleuriste ? Cela rendait ce bouquet encore plus beau, encore plus spécial.

En dépit de ses résolutions de sagesse, elle se sentit fondre devant cette marque d'attention.

Abraham lui sourit.

— Ce qui est fait est fait. Où puis-je trouver un vase ?

— Je ne sais pas, marmonna-t-elle en s'adossant à la porte, les bras croisés.

Elle se sentait la pire des ingrates, mais elle savait qu'elle devait feindre l'indifférence.

Tendant l'oreille, elle entendit Abraham ouvrir et fermer des placards dans la cuisine, puis elle perçut un ruissellement d'eau.

Lorsqu'il revint dans l'entrée, quelques minutes plus tard, il portait un pichet de terre cuite dans lequel il avait disposé les fleurs.

— Où veux-tu que je les pose ?

— Dans le salon, sur la table basse.

Elle prit une profonde inspiration.

— Abe, je sais que nous en avons déjà parlé, mais tu dois comprendre…

— Tu es splendide, coupa-t-il en s'approchant d'elle d'un pas félin.

Paniquée, elle croisa les index devant elle.

— *Vade retro* !

Avec un rire amusé, il emprisonna ses mains entre les siennes.

— Pourquoi ? Je ne suis pas assoiffé de sang, mais de toi.

— Tu dois arrêter ! dit-elle, une note de désespoir dans la voix. Crois-moi, je sais ce qui est le mieux pour ton image. Nous ne devons pas avoir une liaison au vu et au su de tout le monde. En fait, nous ne devons pas continuer à nous voir. Point final.

Abraham se rembrunit.

— Tu ne m'as pas demandé mon avis, que je sache !

— Abe, j'aimerais savoir ce qu'il faut faire pour te convaincre de…

— Tu n'as pas ouvert mon cadeau, coupa-t-il.

La déception contenue dans son regard serra le cœur de la jeune femme.

— Je ne peux pas l'accepter. Ce ne serait pas convenable.

— Foutaises ! Ce n'est pas comme si je te couvrais de diamants et que tu étais ma maîtresse…

Abraham s'interrompit et esquissa un sourire.

134

— Tout compte fait, ce n'est pas une mauvaise idée, je sais ce que je vais…

Elle leva la main.

— C'est hors de question !

— Je veux que tu ouvres ce paquet.

Faisant appel à toute sa volonté, elle croisa les bras et secoua lentement la tête.

— Non.

Il leva les yeux au ciel.

— Je ne te demande pas de l'accepter, juste de l'ouvrir.

Le front buté, il alla s'asseoir sur le canapé et croisa les bras.

— Je n'irai nulle part tant que tu n'auras pas vu ce qu'il contient. Si nous arrivons en retard au cocktail, tout le monde me demandera pourquoi, et je dirai la vérité parce que je suis Abraham l'honnête. Je raconterai que tu refusais d'ouvrir le cadeau que je t'avais fait.

Nicola sentit l'irritation la gagner. Comme toujours, il savait exactement quels arguments avancer pour l'amener à faire ce qu'il voulait.

— D'accord, marmonna-t-elle, je l'ouvre et ensuite, tu le remportes.

— Promis.

Avec des gestes brusques, elle défit la faveur de satin rose et écarta les nombreuses couches de papier de soie. Elle découvrit alors plusieurs livres reliés de cuir. Elle en prit un au hasard et lut le titre à haute voix.

— *Les quatre filles du docteur March.*

— C'est l'œuvre intégrale de Louisa May Alcott, confirma Abe. En édition originale. Tu ne t'imagines pas le mal que j'ai eu à la trouver.

Lorsqu'elle le dévisagea dans un silence stupéfait, il demanda d'un ton innocent :

— Dois-je la remporter avec moi ?

Elle mit plusieurs secondes avant de recouvrer sa voix.

— Tu es un monstre, chuchota-t-elle, les larmes aux yeux.

Ce cadeau avait une valeur inestimable. Dix mille fois plus qu'une parure en diamants.

La résidence des Billings avait beau être un chef-d'œuvre d'architecture victorienne somptueusement décorée et meublée, elle ne pouvait rivaliser avec Crofthaven Manor, décida Nicola trente minutes plus tard.

Remarquant que, comme toujours, tous les regards convergeaient vers Abraham, elle songea qu'après des mois passés à travailler à son côté, elle aurait dû être habituée à la fascination que l'homme d'affaires devenu sénateur exerçait sur les gens. Pourtant, elle en était toujours aussi émerveillée et bouleversée.

— Abraham ! Je suis vraiment heureux que vous ayez pu vous libérer, salua leur hôte en se précipitant à la rencontre du nouveau sénateur.

— Je n'aurais manqué cette soirée pour rien au monde, assura ce dernier. Vous vous souvenez de Nicola, n'est-ce pas ?

— Comment pourrais-je oublier la meilleure meneuse de troupes du Sud ? demanda Robert Billings avec un sourire chaleureux à l'adresse de la jeune femme. Dites-moi, mademoiselle Granville, avez-vous l'intention d'accompagner notre brillant sénateur à Washington ?

— C'est une éventualité que nous envisageons, se hâta de répondre Abraham.

Et, redoutant d'entendre Nicola réaffirmer publiquement son désir de rester à Savannah, il se hâta de changer de sujet.

— Les guirlandes de houx et la décoration du sapin sont splendides, Gloria a dû avoir un travail fou. Où est-elle que je la félicite ?

Robert fit la grimace.

— Elle me fait la tête parce que j'ai cassé deux petits anges en porcelaine ce matin ! J'ai hâte que Noël soit derrière nous.

— Abraham ! Justement, je vous cherchais.

Gloria Billings venait vers eux, un bras passé sous celui d'une femme blonde d'une cinquantaine d'années.

— Après tous ces mois de campagne électorale, vous devez avoir envie de vous amuser et de vous détendre. Vous connaissez Vivian Smith, n'est-ce pas ?

— Bien sûr.

Abraham tendit la main.

— Bonsoir, Vivian. J'ai beaucoup apprécié votre soutien et votre générosité.

Se tournant vers leur hôtesse, il demanda :

— Vous connaissez Nicola Granville, je suppose ? demanda-t-il.

— Evidemment ! assura Gloria.

Elle se tourna vers Nicola avec un sourire bienveillant.

— Soyez la bienvenue, Nicola. Mais ne restez pas avec de vieilles badernes comme nous. J'ai invité un jeune chirurgien, il est nouveau en ville et il sera ravi de faire votre connaissance. Venez vite, je vais vous le présenter.

— C'est très gentil de votre part, répondit Nicola.

A l'adresse d'Abraham qui fronçait les sourcils, elle lança nonchalamment :

— A plus tard, peut-être.

— J'y compte bien.

Abraham prenait soin de garder Nicola dans son champ de vision. Elle ne manquait pas d'admirateurs et d'interlocuteurs, remarqua-t-il avec irritation. Mais ce n'était que justice. Elle était magnifique, éclatante de beauté et de féminité. Elle illuminait le salon par sa seule présence.

— Nicola est si jeune, soupira Vivian qui avait suivi la direction de son regard.

Abraham ne savait comment se dégager poliment de l'attention de Vivian qui ne le quittait pas d'une semelle. Et il soupçonnait qu'elle voulait prolonger leur conversation toute la soirée.

— Pas tant que ça, protesta-t-il.

Le recul de son interlocutrice lui indiqua qu'il l'avait vexée.

— Je veux dire, elle n'a pas seize ans. C'est une femme mûre.

— Vous suivra-t-elle à Washington ?

Cette question l'agaça prodigieusement, surtout parce qu'il savait ne pas pouvoir répondre par l'affirmative.

— Je n'ai pas encore formé mon équipe.

— Le changement de climat risque d'être gênant.

Dérouté par ce changement de sujet, il fronça les sourcils.

— Je vous demande pardon ?

— Les hivers sont rigoureux dans la capitale. Avez-vous de quoi vous tenir chaud ?

Abraham dévisagea son interlocutrice avec incrédulité. Il ne rêvait pas, constata-t-il en voyant son sourire plein d'espoir, elle lui proposait bel et bien ce qu'il avait cru entendre.

— J'ai un très bon manteau en laine, rétorqua-t-il sans sourire.

Puis, pour atténuer la froideur de sa réponse, il ajouta :

— J'ai été ravi de vous revoir, Vivian. Excusez-moi, je meurs de soif, je vais chercher un verre d'eau.

Après avoir pris un verre d'eau gazeuse sur le plateau d'un serveur, il rejoignit Nicola qui bavardait avec animation avec un séduisant quadragénaire.

— Bonsoir, dit-il brièvement à l'autre homme.

Nicola se chargea des présentations.

— Sénateur, voici le Dr Jenson.

Abraham tendit la main.

— Gloria m'a parlé de vous. Soyez le bienvenu à Savannah, docteur.

— Merci. Toutes mes félicitations pour votre victoire, sénateur. Nicola était justement en train de me dire qu'elle ne vous suivrait pas à Washington. Je vais me renseigner pour savoir si l'administration de l'hôpital n'aurait pas besoin des services d'une brillante chargée de relations publiques.

Abraham se rembrunit.

— Ne prenez pas cette peine. Je n'ai pas encore renoncé à convaincre Nicola de m'accompagner.

Passant un bras ferme autour de la taille de la jeune femme, il lança :

— Excusez-nous quelques minutes.

Tandis qu'il l'entraînait vers le hall, Nicola le fixa comme s'il avait perdu la tête.

— Que t'arrive-t-il ? Tu frises l'impolitesse !

— Entre Gloria qui me range dans la catégorie des vieilles badernes et Vivian qui veut me tenir chaud à Washington, je sens mes instincts primitifs reprendre le dessus, admit-il.

Une profonde indignation se peignit sur les traits de Nicola.

— Vivian t'a proposé de…

Il confirma du chef.

— Et elle a souligné combien tu es jeune.

— Pas tant que ça ! rétorqua Nicola entre ses dents.

— C'est exactement ce que je lui ai dit.

Elle sourit.

— Je comprends qu'elle ait tenté sa chance. Tu es beau, intelligent, riche et sexy…

Sa raison lui reprochant de ne pas avoir parlé en femme distante et inabordable, elle marqua une pause et reprit :

— Et surtout, tu as droit à des réductions avec ta carte du troisième âge !

Il la foudroya du regard.

— J'ai deux mots à te dire, fillette.

Après avoir considéré le gui accroché au-dessus de leurs têtes, il chuchota :

— Joyeux Noël, ma chérie.

Puis il l'embrassa à pleine bouche.

Horrifiée et bouleversée par cette manifestation de passion publique, Nicola se réfugia dans la salle de bains de leurs hôtes. Après avoir aspergé ses joues brûlantes d'eau fraîche, elle jura à mi-voix. Son corps entier était en feu et tremblait violemment, sans qu'elle pût dire si c'était de la colère, d'indignation ou d'embarras.

« Plutôt de passion contenue », lui souffla une petite voix dans sa tête.

S'efforçant de reprendre le contrôle de ses émotions et de ses nerfs, elle tenta d'analyser la situation. Pourquoi Abraham s'obstinait-il à la pousser dans ses derniers retranchements ? Faisait-il partie de ces hommes qui se mettent en quatre pour séduire une femme réticente et perdent tout intérêt pour elle dès qu'ils ont conquis son cœur ?

Lorsqu'elle estima avoir recouvré son calme, elle sortit dans le couloir et faillit entrer en collision avec Gloria Billings.

— Je suis vraiment désolée, Gloria, s'excusa-t-elle.

— Ce n'est rien. Je comprends que vous soyez perturbée, ma chère.

Consciente du regard scrutateur de l'autre femme, Nicola essaya de faire diversion.

— Cette réception est très réussie. Vous êtes une hôtesse hors pair.

— Merci. J'ai des années d'expérience dans ce domaine.

Gloria sourit.

— A ce propos, n'êtes-vous pas un peu trop jeune pour Abraham ?

Nicola se figea.

— Je ne vois pas ce que vous voulez dire.

— Ne faites pas l'innocente. Je vous ai vue embrasser le sénateur sous le gui.

Le sang de Nicola se glaça dans ses veines.

— Ce n'était rien, tenta-t-elle de minimiser d'une voix tremblante.

— Ce n'est pas l'impression que j'ai eue.

Gloria eut un sourire entendu.

— Je comprends que le côté papa gâteau vous séduise. Mais Abraham a besoin d'une compagne de son âge pour favoriser sa carrière.

Le choc et la colère se bousculèrent dans le cœur de Nicola.

— Je ne suis pas une adolescente en mal d'amour paternel, se défendit-elle avec indignation. Mais peu importe, Abraham et moi n'avons pas de projets communs.

Luttant contre la tentation d'assener à son interlocutrice quelques vérités bien senties, elle rassembla toute sa dignité et se força à la nonchalance.

— Au revoir, Gloria. Merci pour cette merveilleuse soirée.

Trois quarts d'heure plus tard, elle quittait la résidence des Billings en compagnie d'Abraham.

— Quand vas-tu te décider à sortir de ton silence ? s'écria ce dernier en s'asseyant au volant. Tu es ridicule !

Elle le fusilla du regard.

— Moi, je suis ridicule ? Ce n'est pas moi qui ai causé un scandale chez la plus grande commère de la ville !

Il haussa les épaules et agita la main.

— Et même si elle crie dans toute la ville que je t'ai embrassée, où est le drame ? Nous sommes tous les deux majeurs et célibataires.

— Il y a d'autres facteurs à prendre en considération.

Par exemple, plus Abraham attirait l'attention sur eux, plus leur enfant risquait d'en souffrir plus tard.

— Que veux-tu dire ?

Nicola se mordit l'intérieur de la joue avant de répondre.

— L'homme a toujours le beau rôle dans ce genre de situation, tout le monde lui envie son pouvoir de séduction et le félicite. Pour la femme c'est une autre histoire. Ma carrière risque de souffrir, parce que mes employeurs potentiels penseront que je vais coucher avec eux.

Durant quelques secondes, Abraham parut choqué et outré. Puis il se reprit.

— J'ai la solution à ce problème. Accompagne-moi à Washington et continue de travailler pour moi.

— Je te l'ai déjà dit : c'est hors de question.

Nicola soupira longuement.

— J'ai l'impression d'être un perroquet quand je suis avec toi.

— Eh bien, tu es un très joli oiseau.

Après s'être garé devant chez elle, Abraham lui demanda :

— Je suppose que tu ne vas pas m'inviter à boire un dernier verre ?

— Tu supposes bien.

Elle voulut descendre de voiture, mais il la retint par le coude.

— Nicola ?

— Quoi ?

— Je n'ai jamais éprouvé des sentiments aussi profonds pour une autre femme.

Ignorant les cognements de son cœur, elle se dégagea fébrilement.

— Il est tard. Bonsoir, Abe.

Tout en courant vers sa porte, elle se demanda à quelle vitesse les sentiments d'Abraham s'évanouiraient quand il saurait qu'elle attendait son enfant.

*
* *

— As-tu lu la *Gazette de Savannah* ? interrogea Nicola lorsque Abraham entra chez elle le lendemain matin avec cinq énormes sac remplis de Mars.

— Au risque de passer pour un intello, j'avoue que je préfère le *Financial Times*, répondit-il en la suivant dans son bureau.

— La chronique mondaine ne cite pas de noms, mais tout le monde saura de qui elle parle.

Nicola prit le journal sur son sous-main et l'ouvrit à la bonne page.

— « Un nouvel élu a été vu hier soir en train d'embrasser sa très jeune directrice de campagne sous le gui », lut-elle d'une voix tremblante de colère contenue.

Après avoir lancé le quotidien dans la corbeille à papier, elle s'empara avidement d'un Mars.

— Je t'avais bien dit que cela arriverait ! gronda-t-elle.

Abraham haussa les épaules.

— Les élections ont eu lieu en novembre. Strictement parlant, tous les sénateurs sont de nouveaux élus.

Elle leva les bras au ciel.

— Cette histoire va être reprise par d'autres journaux, commentée à la radio et à la télévision, les paparazzi ne vont plus te quitter d'une semelle…

Abraham la regarda avaler la dernière bouchée de son Mars.

— Le pire qui puisse arriver est que tu sois contrainte de faire de moi un honnête homme, dit-il mi-figue, mi-raisin.

— Ne sois pas ridicule !

Nicola déchira l'enveloppe d'un second Mars.

— Je te l'ai déjà dit, je ne veux pas avoir la réputation de nouer une liaison avec mes clients.

— Tu pourrais te contenter d'un seul client : moi.

Comme Nicola se mordait les lèvres et le fixait avec angoisse, il lui tapota le menton.

— Je ne comprends pas pourquoi tu es si bouleversée par cet article. Tu as honte d'avoir une relation avec moi ?

Secouant la tête, elle recula à une distance plus raisonnable.

— Je n'ai pas honte. Et de toute façon, nous n'avons pas de relation à proprement parler.

— Cela veut dire quoi ?

Elle se mit à faire les cent pas, les mains dans le dos.

— Souviens-toi comment tout a commencé : un soir, nous nous sommes laissé emporter mais, le lendemain, nous avons décidé qu'il valait mieux en rester là et nous avons repris nos distances. Enfin, presque, corrigea-t-elle avec une grimace.

Après un profond soupir, elle poursuivit :

— Nous n'avions pas décidé de démarrer une liaison, c'était juste un concours de circonstances. Ce n'est pas ainsi que naît une relation solide.

Quelque chose dans sa voix noua l'estomac d'Abraham.

— Une relation est un peu comme un voyage, répliqua-t-il. Ce n'est pas parce qu'on le commence sur une route qu'on doive y rester.

— Tu ne crois pas que c'est le stress de la campagne qui nous a poussés dans les bras l'un de l'autre ?

Nicola se mit à attaquer un nouveau Mars.

— Cela a sans doute contribué à nous rapprocher, concéda-t-il, mais ce n'est pas tout.

Il se massa l'estomac pour faire disparaître la sensation d'angoisse qui l'envahissait.

— Le fait est que je ne me suis jamais senti aussi proche d'une femme comme je me sens proche de toi. Et je sais que tu ne m'apprécies pas uniquement parce que je suis Abraham Danforth. Nous avons toujours parlé d'égal à égale.

Abraham vit se succéder sur le visage de Nicola différentes émotions : le désir, le besoin, mais également le désespoir. Il ne comprit pas ce dernier.

— J'ai confiance en toi, Nicky. Après tout ce que nous avons vécu ensemble, je pense que tu es à la seule à pouvoir me gérer.

Il marqua une pause et rit tout bas.

— Ce que je dis peut sembler très arrogant.

Nicola esquissa un sourire.

— Je le prends pour un compliment. Mais tu ne sais pas tout de moi, et je ne suis pas certaine…

Sa voix se brisa.

Abraham crut comprendre ce qu'elle n'osait pas lui dire. Il eut l'impression de recevoir un coup de couteau en plein cœur.

— Tu ne me fais pas confiance, c'est ça ?

— Bien sûr que si, répliqua-t-elle. Je n'aurais pas été une directrice de campagne si efficace si je n'avais pas eu foi en toi. Et je n'aurais certainement pas fait l'amour avec toi si je ne t'avais pas admiré et respecté.

— Tu fais confiance au politicien, mais tu n'es pas sûre de pouvoir compter sur l'homme. En résumé, tu veux bien de moi pour quelques nuits tant que personne n'est au courant, mais pas pour une relation sérieuse et stable.

Abraham avait le cœur déchiré. Ses pires craintes se réalisaient. Nicola venait de lui faire comprendre qu'elle ne voulait pas de lui.

10.

Nicola resta sans nouvelles d'Abraham pendant trois jours. Autant dire trois siècles. A chaque heure qui passait, elle sentait le fossé entre eux se creuser davantage. Elle savait qu'elle l'avait blessé et elle s'en voulait terriblement, mais elle n'avait pas eu le choix. Comment aurait-elle pu accepter une relation stable avec lui alors qu'il ne voulait plus d'enfant ?

Jamais elle n'imposerait à son enfant de grandir avec un père avare d'attention et d'affection. Elle savait trop les souffrances que cela engendrait, elle qui ne s'était jamais remise d'avoir été abandonnée par son propre père. Et elle ne supporterait pas de voir les sentiments et la passion qu'Abraham avait pour elle s'étioler chaque jour un peu plus parce qu'il lui en voudrait de lui avoir imposé un enfant.

Mieux valait être forte et rompre avant qu'il ne soit trop tard.

Cependant, chaque fois qu'elle se répétait qu'elle avait agi pour le mieux, le doute l'assaillait. Et si, en dépit de ses convictions, Abraham pouvait aimer leur enfant ? Et si, passé le choc initial, il éprouvait la même joie qu'elle à l'idée d'accueillir le petit être qu'ils avaient conçu ensemble ?

Pour oublier le débat intérieur qui la rongeait, elle décida de se concentrer sur sa grossesse et d'en apprendre le plus possible sur ce qui était nécessaire à l'épanouissement d'un enfant. Elle se mit à dévorer des livres sur la psychologie du nouveau-né, des manuels sur la grossesse et l'accouchement… Elle écouta du Mozart car elle avait lu quelque part que les bébés appréciaient la musique classique, elle écuma les magasins de puériculture et elle acheta un magnifique album souvenir pour y consigner toutes les étapes importantes de la première année de son enfant, de son premier sourire, à sa première dent et à ses premiers pas.

Pour rester fidèle à son plan de bataille initial, elle se renseigna discrètement sur les opportunités de travail en Californie et sur le prix des logements. Elle détestait l'idée de quitter Savannah où elle avait connu tant de moments heureux, cependant, elle était convaincue que c'était un mal nécessaire pour oublier Abraham et repartir de zéro avec son bébé.

Quatre soirs après le départ précipité d'Abraham, elle fut réveillée par le téléphone. Tout en tâtonnant sur sa table de nuit à la recherche du combiné, elle regarda son réveil. Il était 1 heure du matin. Qui pouvait l'appeler en pleine nuit ?

— Nicola. C'est Lea, se présenta sa correspondante.

Assaillie d'un affreux pressentiment, Nicola s'assit d'un bond dans son lit et alluma sa lampe de chevet d'une main tremblante. Lea était la fille née d'une liaison qu'Abraham avait eue pendant la guerre du Viêt-nam, alors qu'il se remettait d'un grave traumatisme crânien qui avait causé chez lui une amnésie temporaire et lui avait fait oublier qu'il avait une famille à Savannah. Une fois rapatrié aux Etats-Unis, il avait recouvré la mémoire, mais on lui avait appris que le village de sa compagne avait été entièrement détruit peu après son évacuation et qu'il n'y avait pas de survivants. Pourtant, quelques mois auparavant, en pleine campagne électorale, Lea avait pris contact avec lui et lui avait révélé son identité.

Apprendre qu'il avait une fille illégitime avait été un choc pour tous les Danforth, d'autant plus que les relations entre Abraham et Lea avaient été tendues pendant quelque temps car la jeune fille était convaincue que son père n'avait pas voulu la reconnaître bébé. Et elle avait tenté de lui nuire en réapparaissant au moment où

Abraham était à un tournant de sa campagne pour les sénatoriales. Finalement, le malentendu avait été dissipé et tout s'était arrangé. Lea avait depuis trouvé sa place au sein du clan Danforth.

— Que se passe-t-il ? interrogea Nicola, la gorge nouée par l'inquiétude.

— Je suis aux urgences avec Harold, Michael et Reid. Abraham ne va pas bien.

Le sang de Nicola se glaça dans ses veines.

— Il a eu un accident ?

— Il avait des douleurs à la poitrine, alors son frère l'a amené de force à l'hôpital. Je... j'ai pensé que tu voudrais être au courant.

— Tu as eu raison. J'arrive.

Une minute après avoir raccroché, elle enfilait fébrilement un sweat-shirt et un pantalon.

Un sanglot naquit dans sa gorge. Abraham était gravement malade. Et si elle le perdait ? Et si le bébé ne connaissait jamais son père ?

Elle arriva à l'hôpital en un temps record et trouva la famille d'Abraham dans la salle d'attente des urgences.

— Comment va-t-il ? Avez-vous des nouvelles ?

Harold secoua la tête.

— Pas encore.

La voyant trembler de tous ses membres, il la serra affectueusement dans ses bras pour la réconforter.

— La bonne nouvelle c'est qu'il était tout à fait conscient en arrivant ici et qu'il me traitait de tous les noms parce qu'il pensait que je m'inquiétais pour rien.

Nicola se détendit légèrement. Si Abraham avait encore la force de s'énerver, c'était bon signe !

— Que s'est-il passé, exactement ?

— Nous étions dans la cuisine. Soudain, il s'est plié en deux en se tenant la poitrine. Il m'a fait une peur bleue.

Harold passa une main tremblante dans ses cheveux clair-semés.

— J'ai toujours considéré mon frère comme un genre de Superman que rien ne peut atteindre, ni la fatigue, ni la maladie.

Son récit avait ravivé l'angoisse de Nicola. Abraham plié en deux par la souffrance... Elle ne supportait même pas de l'imaginer.

— Depuis combien de temps... ?

— Il est en salle d'examen depuis plus d'une heure. Si nous n'avons pas bientôt des nouvelles, j'irai voir l'infirmière.

Nicola voulait parler à l'infirmière immédiatement. Et surtout, elle voulait voir Abraham, le toucher, l'embrasser, le serrer dans ses bras et s'assurer qu'il allait bien.

Harold lui prit les mains et les serra gentiment entre les siennes.

— Il m'a semblé que quelque chose chagrinait Abraham tout dernièrement. Savez-vous de quoi il s'agit ?

Ecrasée par la culpabilité, elle avoua :

— Nous avons eu un... différend, il y a trois jours. Je ne l'ai pas revu depuis.

Un sanglot brisa sa voix.

— Je vous en prie, Harold, dites-moi qu'il ne va pas mourir.

— Je vais tuer mon frère pour m'avoir obligé à venir ici !

— Il vous a sauvé la vie, monsieur Danforth. Un ulcère perforé peut être fatal.

Le médecin aida Abraham à s'asseoir sur la table d'examen.

— Si vous prenez vos médicaments régulièrement et que vous suivez le régime que je vous ai prescrit, tout ira bien.

— Dans ce cas, je peux enlever cette fichue chemise d'hôpital et rentrer chez moi ?

Le médecin acquiesça du chef.

— Pendant que vous vous rhabillez, je vais aller rassurer votre famille.

— Surtout pas ! protesta Abe. J'ai hâte de leur prouver que j'avais raison et qu'ils se sont inquiétés pour rien.

Tout en laçant ses chaussures, il pensa à Nicola et son estomac se contracta douloureusement. Jamais il n'aurait cru qu'un jour il souffrirait pour une femme au point d'avoir un ulcère. Il ferait bien de s'habituer à cette douleur lancinante et de se résigner à envisager l'avenir sans Nicola.

Lorsqu'il entra dans la salle d'attente, son frère, sa fille Lea et son fils Reid se précipitèrent vers lui.

— Papa ?

— Abraham ?

Harold secoua la tête avec incrédulité.

— Si tu me dis qu'ils te laissent sortir après une crise cardiaque, je mange mon chapeau.

— Je n'ai pas fait d'infarctus, le rassura Abraham. J'ai juste un ulcère à l'estomac.

Lorsqu'il aperçut Nicola derrière son frère, il crut rêver.

Harold secoua la tête.

— Toi, un ulcère ? Allons donc ! Nous savons tous que c'est toi qui en donnes aux autres.

Abraham ne l'entendit même pas. Il était trop occupé à savourer la joie douce-amère de revoir Nicola, à la boire des yeux. Comme les autres, elle semblait à la fois effrayée et soulagée, mais il percevait autre chose dans son regard, une émotion tellement proche du désespoir qu'il osa penser qu'elle tenait plus à lui que ce qu'elle voulait bien lui dire.

N'étant pas homme à laisser passer sa chance, il exigea que Nicola rentre avec lui à Crofthaven Manor. Comme il l'espérait, elle n'osa pas le contrarier alors qu'il était souffrant.

Cependant, lorsque, en arrivant dans le hall, il voulut pousser son avantage et lui demanda de dormir avec lui, il se heurta à un refus catégorique. Il n'en fut pas vraiment surpris. Il avait compris qu'après avoir constaté par elle-même que ses jours n'étaient pas en danger, elle perdrait sa docilité et rassemblerait ses défenses.

— S'il te plaît, passe la nuit avec moi, insista-t-il.

— Certainement pas.

— Pourquoi ? insista-t-il. Tu as un effet apaisant sur moi.

Elle secoua la tête.

— Tu as besoin de repos.

— Je dormirai bien mieux si tu es près de moi, affirma-t-il en la plaquant intimement contre lui.

Elle leva les yeux au ciel.

— Il n'y a que toi pour avoir ce genre d'idée à peine sorti de l'hôpital.

Soudain, il remarqua ses traits tirés et les cernes sous ses yeux. Son cœur se serra.

— Je ne te toucherai pas, je veux juste te savoir près de moi, assura-t-il tendrement.

— J'ai du mal à te croire.

Elle avait des raisons de douter de ses intentions, admit-il en silence. Être dans le même lit qu'elle et ne pas lui faire l'amour serait une torture pour son corps et sa volonté. Mais il était prêt à tout pour lui prouver qu'elle pouvait avoir confiance en lui.

— Mets-moi à l'épreuve, proposa-t-il, sachant qu'elle ne reculait jamais devant un défi.

— D'accord, maugréa Nicola. Je dors *à côté* de toi. Mais je suis sûre que c'est moi qui vais avoir raison.

— Et si ce n'est pas le cas ? demanda-t-il.

— Nous verrons bien.

Le lendemain matin, Nicola sentit le regard d'Abraham sur elle avant même d'ouvrir les yeux.

— Tu es censé te reposer, reprocha-t-elle gentiment.

Se soulevant sur un coude, il lui caressa les cheveux.

— Je savoure la vue. Tu es si belle quand tu te réveilles.

Elle rosit de plaisir.

— Merci, tu es gentil. Mais je suis sûre que j'ai une mine épouvantable. Je me suis tellement inquiétée pour toi, hier soir.

— Ce n'est que justice.

— Que veux-tu dire ?

— Tu m'as donné un ulcère, et moi, je t'ai fait peur. Nous sommes quittes.

Piquée au vif, Nicola s'écarta d'un bond et repoussa sa main d'une tape.

— Puisque je suis la cause de ton ulcère, je ferais bien de partir.

— Reste !

Passant un bras autour de sa taille, il la ramena contre lui.

— C'est parce que tu veux me quitter que j'ai un ulcère. Quand je suis avec toi, je suis heureux.

Comment rester en colère face à tant de tendresse ? se demanda Nicola en se perdant dans le regard bleu azur.

— Tu en es sûr ?

— Certain.

Soulagée, elle ferma les yeux et s'abandonna dans ses bras.

— Alors tu peux recommencer à me caresser les cheveux. C'est tellement apaisant, presque hypnotisant.

— Enfin une arme secrète ! se réjouit Abraham. Je vais l'utiliser à bon escient.

Les yeux clos, elle leva la main.

— J'ai dit « presque ». Je crois que ton arsenal d'armes fatales est suffisant comme ça.

— Vraiment ?

— Oui.

Le cœur débordant d'amour et de tendresse, elle lui sourit.

— Tu es la plus belle femme au monde, chuchota-t-il.

Elle se força à rire pour combattre son émotion.

— Cette fois, j'en suis certaine : tu as besoin de lunettes. Je sais de quoi j'avais l'air cette nuit à l'hôpital.

Il lui posa un doigt en travers des lèvres pour la faire taire.

— Je sais mieux que personne ce que je ressens, tu ne crois pas ?

Plongeant son regard bleu limpide et caressant dans le sien, il chuchota :

— Dîne avec moi ce soir, Nicola.

A son grand désarroi, la jeune femme s'aperçut qu'elle n'avait pas le courage de lui opposer un refus catégorique. Savoir qu'elle avait risqué de le perdre pour toujours avait sérieusement diminué ses capacités de résistance. Si Abraham était mort sans qu'elle l'ait revu… elle n'osait même pas penser au désespoir qui l'aurait frappée.

— Où aimerais-tu aller ? demanda-t-elle.

— Où tu voudras.

— Chez moi, alors. Je ferai la cuisine.

Les sourcils froncés, il lui caressa la joue.

— Tu as peur qu'on nous voie ensemble ?

— Je préfère jouer la carte de la prudence.

Il soupira longuement.

— Je veux être plus que ton amant secret.

La tendresse de son baiser acheva de la bouleverser. Lorsqu'il s'écarta, il la fixa longuement avec un demi-sourire.

— J'ai une envie folle de toi mais je ne te toucherai pas, parce que je t'ai promis de ne pas le faire. Sache cependant qu'à cause de toi, je vais devoir prendre une douche glacée.

Même si ses nausées matinales n'étaient plus qu'un mauvais souvenir, Nicola ne supportait toujours pas la vue de la viande crue. Ne pouvant se résoudre à préparer le plat préféré d'Abraham : une côte de bœuf saignante, elle se fit livrer trois portions de *fettucine* aux crevettes par le meilleur restaurant de fruits de mer de Savannah.

Tout en rangeant son salon et en mettant la table pour deux, elle réfléchit à la conversation qu'elle devait avoir avec Abraham.

Comment allait-elle annoncer à son amant qu'elle attendait son enfant ? Il était plus que temps de le mettre au courant, c'était une évidence. Mais fallait-il le contrarier ce soir ?

Elle n'était pas à un jour près. Elle pouvait s'accorder une dernière soirée idyllique avec lui. Car, elle devait bien se l'avouer, elle était gloutonne, elle voulait tout : le bébé *et* Abe. Mais elle savait déjà que ce dernier serait loin d'être enchanté par la nouvelle de sa grossesse.

Après avoir fait réchauffer les gressins au four, elle prépara une salade de tomates au basilic et commença à réfléchir à la meilleure manière d'informer Abraham de sa future paternité. Elle était une professionnelle de la communication, elle allait trouver le ton juste et les mots adéquats.

— Tu sais quoi ? dit-elle à voix haute. Tu vas être papa une nouvelle fois.

C'était trop jovial, trop décontracté.

— Je suis enceinte.

Trop brutal.

— Les statistiques mentent, la fertilité ne diminue pas avec l'âge, je peux le prouver.

Pas terrible.

— Je ne te demande pas de m'épouser. Je tiens à élever notre enfant seule, chuchota-t-elle.

C'était mieux, mais elle doutait de pouvoir mentir à Abraham en le regardant en face.

Tout bien pesé, le moment était mal choisi pour assener une nouvelle de cette importance. Abraham avait un ulcère, il fallait lui éviter toute contrariété, tout stress.

154

D'un autre côté, elle ne pouvait pas reculer indéfiniment. Elle devait arrêter une date et s'y tenir.

La vie était injuste ! En d'autres circonstances, la venue d'un enfant aurait été une bénédiction, une occasion de se réjouir. Sentant arriver une crise de larmes, Nicola se concentra sur sa respiration.

Ayant recouvré son calme, elle décida qu'elle allait attendre le 26 décembre, pour laisser Abraham passer un joyeux Noël avec sa famille. Avec un peu de chance, son traitement médical aurait eu le temps d'agir d'ici là.

Soulagée de s'être accordé un sursis de sept jours, elle acheva de mettre la table et remplit les verres à vin, du pinot noir pour Abe, du jus de raisin pour elle, afin d'éviter toute question gênante sur son refus de boire de l'alcool. Elle sourit en entendant le carillon de la porte d'entrée. Comme toujours, Abraham était la ponctualité même.

— Comment te sens-tu ? demanda-t-elle en le faisant passer dans le salon.

Pour toute réponse, Abraham huma l'air.

— Ça sent délicieusement bon. Qu'as-tu préparé ?

Elle le prit par la taille et enfouit le visage dans son épaule.

— Fais-moi plaisir, réponds-moi. Je veux être certaine que tu vas bien.

Il rit doucement.

— J'adore te faire plaisir, Nicky, tu le sais. Je suis en pleine forme.

Rassurée, elle l'entraîna vers la table.

— Le dîner est prêt. *Fettucine* aux crevettes pour monsieur.

Il ouvrit de grands yeux.

— J'ignorais que tu étais un cordon-bleu. Rien qu'à l'odeur, j'ai l'impression de dîner au Julian's Seafood Parlor.

Elle aurait dû lui avouer que c'était justement là qu'elle avait commandé son plat de pâtes préféré, mais elle n'en fit rien.

— Merci.

Après l'avoir aidée à s'asseoir, Abraham s'installa face à elle et leva son verre.

— A tous nos futurs dîners ensemble.

Un sourire malicieux aux lèvres, il ajouta :

— Et à tous nos futurs petits déjeuners aussi.

Riant de bon cœur, elle trinqua avec lui. C'était aussi bien que l'alcool soit déconseillé dans son état, songea-t-elle. La chaleur du regard d'Abraham suffisait déjà à lui brouiller l'esprit. Si elle avait bu un verre de vin, elle aurait été grise avant même le début du repas…

Tout en s'attaquant à ses pâtes avec entrain, Abraham déclara :

— Ce que tu as dit l'autre soir m'a fait réfléchir.

Elle frémit, se souvenant que leur discussion avait déclenché son ulcère.

— Devons-nous vraiment en reparler ?

— Ne t'inquiète pas. Tu avais en partie raison.

— Pardon ?

Elle ouvrit de grands yeux. Elle n'était pas habituée à entendre Abraham reconnaître ses torts.

— J'ai pensé que tu sais tout de moi. Je t'ai tout raconté de ma vie privée et de mon passé, pour te permettre d'établir une stratégie et parer à toute attaque de mon rival politique. On ne peut pas gagner une élection si on ne joue pas franc-jeu avec sa directrice de campagne.

Nicola croqua une crevette et hocha la tête.

— C'est vrai.

— En revanche, moi, je ne sais de toi que ce qui figurait sur ton curriculum vitæ, et le peu que tu as bien voulu me dévoiler.

Mal à l'aise, elle haussa les épaules.

— C'était toi le candidat, pas moi.

— Il ne s'agit plus des élections ou du travail, Nicky. Je me suis aperçu que je ne connais même pas tes projets pour les deux ans à venir.

Nicola sentit son estomac se nouer. S'il apprenait que, désormais, elle avait l'intention de consacrer presque tout son temps à leur enfant !

— Quand tu m'as engagée, je t'ai expliqué ce que j'avais l'intention de faire : organiser des campagnes électorales.

— Ça, c'est ton métier. Je voudrais connaître tes projets au niveau personnel.

Nicola tenta de gagner du temps.

— Je n'y ai pas beaucoup réfléchi. Et toi ? Sais-tu ce que tu vas faire durant les deux prochaines années ?

— Je vais essayer d'avoir de meilleures relations avec mes enfants.

Abraham marqua une pause et la regarda droit dans les yeux.

— Et je vais tout faire pour te garder.

Elle but une gorgée d'eau pour se donner une contenance.

— Je ne pense pas pouvoir planifier ma vie sentimentale. Je ne peux pas dire : « Nous sommes le 20 décembre et l'homme de ma vie passera ma porte avant trois mois, il sera grand, musclé et m'aimera tant qu'il ne pourra pas vivre sans moi, même si j'ai de gros défauts et un passé peu reluisant. »

Abraham se pencha vers elle.

— J'ai cinq enfants qui me reprochent de ne pas m'être occupé d'eux, et notamment une fille dont j'ignorais l'existence jusqu'à cette année. J'ai raté mon mariage et j'ai été infidèle à ma femme. Ma vie privée fait sans cesse la une des journaux parce que j'ai choisi de représenter mon Etat au Sénat. Et je suis sous traitement médical parce que j'ai un ulcère. Je parie que ton passé est brillant comparé au mien.

Le cœur lourd, Nicola pensa à l'enfant qu'elle avait abandonné.

— C'est discutable, marmonna-t-elle.

Abraham haussa un sourcil.

— Etais-tu une call-girl ou une terroriste avant de diriger ma campagne ?

11.

Call-girl ou terroriste…

Nicola le foudroya du regard, mais ne put contenir un sourire amusé.

— Je n'ai pas été jusque-là, merci.

— Combien d'amants as-tu eu ?

Elle écarquilla les yeux.

— Voilà une question très indiscrète.

— Je suis prêt à répondre à tes questions si tu réponds aux miennes.

Emportée par sa curiosité, elle hocha la tête.

— D'accord. Combien as-tu eu de petites amies ?

— Six.

— En as-tu aimé certaines ?

Elle savait qu'elle n'aurait pas dû poser cette question, mais elle n'avait pu s'en empêcher.

— Deux. Mon épouse et une autre. Et toi ?

— J'ai eu quatre amants. J'ai cru être amoureuse de tous pendant au moins cinq minutes.

— Lequel t'a le plus fait de peine ?

— Aucun. La mort de ma mère a été mon plus gros chagrin.

Elle avait toujours les larmes aux yeux quand elle évoquait cette période noire de sa vie.

Abraham hocha la tête.

— Quel que soit l'âge auquel on perd un parent, on ne s'en remet jamais vraiment. Mes enfants étaient petits aussi quand leur mère est morte.

— Au moins, ils avaient Miranda, la femme de ton frère, pour les choyer.

— Toi, tu étais seule, c'est vrai.

Abraham lui serra tendrement la main.

— J'aimerais tant essayer de te faire oublier ta peine.

Elle sentit son cœur se dilater d'émotion.

— C'est la chose la plus gentille qu'on m'ait jamais dite. J'ai éprouvé la même envie de te réconforter quand je t'ai vu torturé par le remords de n'avoir pas été là pour tes enfants.

Abraham plongea son regard intense dans le sien.

— Je ne suis pas un expert en relations conjugales, mais il me semble que vouloir se protéger mutuellement est une bonne base de départ pour réussir.

— Certainement.

Sentant qu'il ne devait pas la bousculer, il ramena la conversation sur un terrain neutre.

— Quel a été ton deuxième chagrin ?

— A part ne pas être demandée en mariage par Bon Jovi ?

Il rit doucement.

— Effectivement, cela a dû te traumatiser.

— J'ai beaucoup souffert quand mon premier amour m'a laissée tomber en terminale.

— Avant le bal de fin d'année ?

Elle confirma d'un signe de tête, se souvenant combien elle s'était sentie seule et terrorisée d'être enceinte.

— Et tes autres amants ?

— Ils n'ont fait que passer dans ma vie.

— Alors, je n'ai pas besoin de les tuer ?

Elle sourit.

— En rêver suffira.

160

Elle fut saisie d'appréhension lorsqu'elle vit Abraham boire la moitié de son verre d'eau d'une traite comme s'il voulait se donner du courage.

— Sais-tu pourquoi j'ai tellement envie d'être avec toi ? demanda-t-il.

La gravité de son expression dissuada Nicola de lui lancer une boutade.

— Harold dit toujours que je suis le héros de la famille, le champion du succès. Mais je me rends compte que j'ai passé toute ma vie à courir de défi en défi pour ne pas avoir le temps de réfléchir à mes lacunes et à mes échecs.

Il s'éclaircit la voix.

— Durant les rares moments de calme que je me suis accordés, je me suis senti affreusement seul. Mais depuis que je te connais, je me sens bien, je suis heureux.

Nicola savait qu'il n'était pas homme à s'épancher. Qu'il lui ouvre son cœur et lui confie ses émotions les plus intimes la laissait sans voix. Elle le comprenait parfaitement puisqu'elle aussi avait toujours fait en sorte de s'épuiser au travail pour ne pas penser à ce qui l'inquiétait vraiment.

Touchée au plus profond d'elle-même par cet aveu, elle éprouva le besoin de lui montrer qu'elle partageait ses sentiments. Repoussant sa chaise, elle alla à lui et lui caressa la joue.

— Tu es un homme étonnant. Tellement étonnant que je me demande parfois si tu es réel.

— Je le suis, dit-il en déposant un baiser sur sa main. J'ai un ulcère pour le prouver.

Elle rit à sa plaisanterie, mais son cœur continua de déborder d'émotion. Elle n'était pas assez proche d'Abraham, elle voulait sentir son cœur battre contre le sien, le serrer dans ses bras si longtemps qu'il oublierait tout de la solitude.

— Je commencerai par mes chaussettes, dit-elle pour elle-même.

Abraham la regarda avec perplexité.

— Tes chaussettes ?

— C'est une plaisanterie.

Elle poussa un léger soupir.

— Je m'étais promis de manger tous mes sous-vêtements plutôt que de t'inviter à rester dormir chez moi.

Abraham esquissa un sourire, mais son regard resta prudent. Elle comprit ce qu'il attendait

— Resteras-tu avec moi cette nuit ?

— Oui, mille fois oui.

L'attirant sur ses genoux, il prit ses lèvres d'une bouche gourmande.

— Tu me rends fou, j'adore ton parfum, dit-il en enfouissant le visage dans son cou.

De ses larges mains, il parcourut ses épaules, son buste, ses hanches.

— Et ton corps...

Elle frissonna de désir.

— Quand je suis dans tes bras, j'ai l'impression d'être la plus belle femme du monde, dit-elle d'une voix sourde.

— Tu l'es.

Son amant mit les mains en coupe sous ses seins pour éprouver leur galbe.

— Tu es parfaite.

Après lui avoir ôté son sweat-shirt, il effleura de la main ses seins à travers la dentelle qui les retenait prisonniers. Elle se cambra vers ses caresses avec un gémissement rauque. Un besoin primitif naquit en elle alors qu'il dégrafait son soutien-gorge et effleurait la pointe déjà dure de ses seins.

Pour ne pas être en reste, elle déboutonna sa chemise. Un même soupir de volupté franchit leurs lèvres alors que leurs peaux se retrouvaient.

— Tu es comme un grand cru qu'on est censé savourer à petites gorgées mais qu'on ne peut s'empêcher de boire d'une traite tellement il est bon, chuchota Abraham.

Tout en lui mordillant l'oreille, il s'attaqua à la fermeture Eclair du pantalon qu'elle portait.

— Et tu es beaucoup trop habillée !

Le parfum épicé de son after-shave et sa proximité avaient sur Nicola le même effet que trois verres de vin. Elle se leva et se débarrassa fébrilement de son vêtement. Aussitôt, Abraham arrondit une main possessive sur une fesse soyeuse.

— Tu as la plus belle chute de reins de la création.

Il ravala un cri étranglé quand elle tira sur la ceinture qui retenait son pantalon. Bientôt, ils furent entièrement nus tous les deux. Nicola se fondit contre lui et exacerba son désir de ses doigts agiles.

— J'ai ce qu'il faut dans ma veste, dit-il d'une voix hachée.

— Je me suis occupée de tout.

C'était l'avantage d'être enceinte, se dit-elle avec un peu d'amertume. On n'avait pas à s'inquiéter des précautions.

Abraham posa la main sur la toison cuivrée en haut de ses cuisses.

— J'ai tellement envie de toi…

Sa voix mourut quand, se laissant tomber à genoux devant lui, Nicola traça un sentier de baisers tentateurs sur son ventre. Elle voulait tout savourer de lui, l'aimer de toutes les manières dont une femme peut aimer un homme…

Abraham se raidit alors qu'elle faisait courir ses lèvres sur sa peau sensible et jouait des arpèges de feu avec sa langue. Lorsqu'elle emprisonna son sexe dans le fourreau brûlant de sa bouche, il jura sourdement et s'écarta d'un bond, le regard assombri par la passion.

— Si tu continues, je ne réponds plus de rien.

Se dévorant de baisers gourmands, ils gagnèrent la chambre. Là, Abraham la fit s'étendre sur le lit et entreprit de goûter chaque parcelle de son corps, commençant par son cou, ses épaules, descendant la vallée entre ses seins. Elle sentit son contrôle s'émousser quand il s'appropria le cœur de sa passion avec des caresses d'une précision redoutable. Et quand ses lèvres douces et brûlantes remplacèrent ses doigts, elle s'envola immédiatement dans un long frémissement d'extase.

Elle recouvrait tout juste son souffle quand Abraham l'envahit de sa chaleur.

— Eh bien ! souffla-t-elle, comme toujours émerveillée par sa force et sa sensualité pure.

— Tout à fait d'accord, murmura-t-il, accentuant ses mouvements de va-et-vient.

Lorsqu'elle plongea son regard dans le sien, elle y vit une émotion qui fit chavirer son cœur. La force combinée de ses sentiments déchirants et de ses sensations la projeta de nouveau à la cime de l'extase ultime.

Comme toujours, Abraham s'était réveillé le premier. Nicola entendit son pas dans l'escalier. Pas étonnant, pensa-t-elle en s'étirant langoureusement. C'était un lève-tôt et un couche-tard. Elle avait déjà peiné à suivre son rythme avant d'être enceinte, mais à présent, elle était souvent fatiguée, elle avait besoin d'encore plus de sommeil et elle se sentait incapable de rivaliser avec sa forme et sa vitalité.

Rien qu'en le regardant revenir dans la chambre, elle sentait son pouls s'accélérer. Les cheveux ébouriffés, les larges épaules et les hanches étroites mises en valeur par un boxer de soie noire, il était la virilité et la séduction incarnées.

Arrivé près du lit, il posa deux tasses sur la table de nuit. Nicola sourit et s'assit dans le lit, remontant le drap sur sa poitrine.

— Le service en chambre est irréprochable, complimenta-t-elle.

Il lui sourit en retour.

— Je t'ai préparé du thé. J'ai remarqué que tu ne bois plus de café, dernièrement.

Elle prit la tasse qu'il lui tendait.

— Tu es très observateur. Merci.

— C'est un plaisir, chère madame.

En s'asseyant au bord du lit, Abraham heurta la table de nuit. Dans le choc, la porte s'ouvrit, tous les livres et manuels de puériculture de Nicola s'éparpillèrent sur la moquette.

Le cœur de la jeune femme s'arrêta. Oubliant toute pudeur, elle sauta nue à bas de son lit pour s'emparer des livres avant Abraham.

— Pourquoi t'affoles-tu ? demanda ce dernier en riant. As-tu peur que je renverse mon café sur tes livres ?

— Je veux juste t'aider, marmonna-t-elle jetant les livres pêle-mêle dans la table de nuit.

Il y en avait trop. La plupart glissèrent de nouveau sur le sol.

— Calme-toi. Je m'en charge.

Comme elle le redoutait, Abraham lut le titre du livre qu'il venait de ramasser.

— *A quoi vous attendre quand vous êtes enceinte.*

Le visage incrédule, il prit un second livre.

— *L'art d'élever un enfant seule.*

Son regard interdit alla de Nicola aux livres. Puis il se redressa et darda sur la jeune femme un regard coupant comme une lame de rasoir.

— Peux-tu m'expliquer pourquoi tu lis ce genre de manuels ?

Agrippant le drap sous son menton, elle se mordit la lèvre.

— Eh bien… je…

— Depuis combien de temps le sais-tu ?

Le calme apparent d'Abraham était démenti par la veine qui battait furieusement sur sa tempe.

— Pas longtemps, assura Nicola dans l'espoir d'éviter une explosion de colère. Je n'ai jamais eu des cycles réguliers.

Il se frappa le front.

— Comment ai-je pu être aussi aveugle ? Les nausées, ta soudaine prédilection pour le thé, ton refus de boire une goutte d'alcool...

Il plissa les yeux.

— Pourtant, tu as bu du vin hier soir.

— C'était du jus de raisin, avoua-t-elle, les yeux baissés.

— Ce bébé est le mien.

Ce n'était pas une question.

— Je ne te demande rien, je t'attends rien de toi, balbutia-t-elle.

Il leva les yeux au ciel.

— Bien essayé, Nicky, mais je ne te crois pas. As-tu fait exprès de tomber enceinte ?

Elle le fixa avec perplexité.

— Pourquoi aurais-je fait ça ?

— Certaines femmes ne voient que cette solution pour se faire épouser.

En une fraction de seconde, la colère et l'indignation remplacèrent les remords dans le cœur de Nicola.

— Je viens de te dire que je n'attends rien de toi, rappela-t-elle d'une voix glaciale. Et si tu te souviens bien, j'ai refusé de t'accompagner à Washington et j'ai tout fait pour ramener nos relations à un niveau strictement professionnel.

Sa fureur s'accrut, faisant trembler sa voix et étinceler son regard.

— Je ne mérite pas une telle accusation. Oui, j'aurais dû te le dire. Mais j'avais peur de ta réaction, parce que tu m'avais clairement fait comprendre que tu ne voulais plus d'enfant.

Elle secoua la tête.

— J'ai passé ces dernières semaines à me demander comment gérer cette situation, comment t'éviter de souffrir et préserver ta carrière.

— Nous savons tous les deux qu'il n'y a qu'une solution à ce problème.

Le visage d'Abraham avait pris la dureté du granit.

Nicola blêmit et croisa les mains sur son ventre en un geste protecteur.

— Je ne renoncerai pas à ce bébé.

— Je ne te le demande pas. Nous allons nous marier le plus rapidement possible.

Comme toujours en période de crise, Abraham établit devant ses yeux un plan d'action.

— Je connais un juge qui peut nous fournir une licence spéciale pour nous éviter d'attendre la publication des bans et nous marier cet après-midi. Harold et Miranda seront ravis d'être nos témoins. J'annoncerai notre mariage et ta grossesse à mes enfants après Noël.

S'apercevant que Nicola le fixait avec des yeux ronds, il expliqua :

— Le temps presse. Si tu es déjà enceinte de plus de deux mois…

— Je ne suis pas sûre que nous marier dans la précipitation soit une bonne idée.

— Peu importe. Je ne veux plus d'enfant illégitime.

Nicola fronça les sourcils.

— Nous n'avons jamais parlé mariage auparavant.

— Nous l'aurions fait un jour ou l'autre.

Tandis qu'il prononçait ces mots, Abraham s'aperçut qu'il était sincère. Epouser Nicola lui semblait logique, l'idée avait fait son chemin dans son esprit de manière inconsciente.

Le regard incertain, la jeune femme secoua la tête.

— Je n'en suis pas sûre. Nous n'avons jamais évoqué l'avenir au-delà de ton départ pour Washington.

— Parce que tu t'entêtais à vouloir rester ici. Si tu avais laissé notre relation évoluer normalement, je suis sûr que j'aurais fini par te proposer le mariage.

— Normalement ? s'écria-t-elle outrée. Tu trouves normal de dire « Puisque tu es enceinte, nous nous marions cet après-midi » ?

— Nous n'avons plus le temps de laisser les choses suivre leurs cours. Nous devons nous marier pour notre enfant. Nous travaillerons à notre relation après avoir accompli les formalités légales.

Après avoir déposé un rapide baiser sur ses lèvres, Abraham se redressa.

— Je dois partir. Je pense pouvoir tout organiser pour 16 heures.

— Abe, je ne…

— Tout ira bien.

Il se faisait fort d'apaiser la crainte et la nervosité qui vacillaient dans les beaux yeux verts de sa future épouse.

A 15 h 30, tout était fin prêt. Abraham avait trouvé un juge, son frère et sa belle-sœur avaient accepté d'être témoins. Certes, il avait dû modifier légèrement ses plans, car sa fille Kimberly et l'amour de sa vie, Zack, étaient arrivés avec un jour d'avance à Crofthaven Manor, et il avait été contraint de leur révéler qu'il épousait Nicola. Mais à part ça, tout se déroulait comme prévu, conformément à ses instructions, le chauffeur venait de partir chercher la future mariée.

A 16 h 05, Abraham se demanda pourquoi la limousine n'était pas de retour. Il appela le chauffeur sur son portable.

— Henry, où êtes-vous ?

— Je suis toujours chez Mlle Granville, répondit l'employé.

Il toussota et hésita avant de poursuivre :

168

— J'ai un problème. Mlle Granville ne veut pas venir. Elle dit que je peux attendre jusqu'à Pâques ou à la Trinité, cela ne changera rien.

Abraham en resta pantois pendant plusieurs secondes.

— Elle a dit quoi ? coassa-t-il en tournant le dos à sa famille.

— Elle ne veut pas venir.

— Merci, Henry. Restez où vous êtes et laissez le moteur tourner.

Abraham raccrocha et composa fébrilement le numéro de Nicola.

— D'après Henry, il y a un malentendu sur l'heure de ton arrivée à Crofthaven Manor, dit-il dès qu'il eut la jeune femme en ligne.

Il l'entendit soupirer longuement.

— Je ne suis pas certaine que nous marier soit la solution.

— Nicola, nous n'avons pas le temps de discuter. C'est la seule chose à faire.

— Je ne suis pas d'accord. Pas comme ça. Pas maintenant.

— Nicky… Nicky ?

Abraham fixa le combiné avec stupéfaction. Non seulement Nicola l'abandonnait devant l'autel, mais en plus, elle venait de lui raccrocher au nez !

12.

— Que se passe-t-il ? l'interrogea Harold avec inquiétude.

Abraham secoua la tête comme s'il espérait se réveiller d'un cauchemar.

— Nicola ne veut pas venir.

Le juge Kilmore s'éclaircit la voix.

— Je suppose que vous n'aurez pas besoin de moi cet après-midi, finalement. Si vous voulez bien m'excuser…

Il salua Abraham et sa famille avec un sourire embarrassé et se hâta de quitter le bureau.

Kimberly s'approcha de son père.

— Tout est allé trop vite. Nicola doit être paniquée.

— Tout à fait, acquiesça Miranda, la belle-sœur d'Abraham. Une femme enceinte est très émotive.

— Je confirme, renchérit Harold avec un clin d'œil à son frère. Tu ne sais pas ce que j'ai enduré chaque fois que ma tendre épouse attendait un de nos enfants.

— Un enfant ? répéta Kimberly.

Elle toisa son père avec incrédulité.

— Tu as mis Nicola enceinte ?

Abraham soupira intérieurement. Sa superbe et brillante fille avait toujours eu un franc-parler redoutable. Elle affirmait que c'était la seule manière de river leur clou à ses frères.

— Oui, elle est enceinte et, oui, je suis le père, confirma-t-il sèchement.

— Mais tu es trop vieux !

Harold rit doucement.

— Apparemment pas.

Abraham foudroya son frère et sa fille du regard.

— Aidez-moi plutôt à trouver comment convaincre Nicola de m'épouser. Je ne comprends pas pourquoi elle a peur. Je lui ai pourtant dit que je m'occupais de tout et que la cérémonie aurait lieu à 16 heures.

— Tu lui as *dit* que vous alliez vous marier ? demanda Kimberly en ouvrant de grands yeux.

— Elle est enceinte de plus de deux mois. Il fallait faire vite.

— Comme c'est romantique !

Son mari lui serra gentiment l'épaule pour l'inciter à la modération.

— Chérie, n'ajoute pas à la déception de ton père. Il essaie de faire ce qui est juste.

— Tu ne peux pas ordonner à quelqu'un de t'épouser, riposta-t-elle. Nicola est comme toutes les femmes, elle rêvait sans doute d'un mariage dans une jolie chapelle remplie de fleurs, avec une robe blanche et des demoiselles d'honneur.

— C'est vrai, Abe, tu aurais au moins pu lui laisser le temps de choisir une robe, ajouta Miranda.

Abraham sentit son cœur se serrer un peu plus.

— Je pensais…

Fronçant les sourcils, il corrigea :

— Je savais qu'il fallait faire vite.

— J'ai du mal à croire que tu aies piégé ta directrice de campagne, soupira Kimberly.

— Je ne l'ai pas piégée, se défendit Abraham avec force. Elle porte mon enfant.

— C'est aussi le sien.

— C'est ce que je viens de dire.

— Tu as dit « mon » enfant. Tu veux toujours tout contrôler, papa, mais toutes les femmes n'apprécient pas qu'on prenne des décisions à leur place. Certaines aiment qu'on les *demande* en mariage.

— Dis donc, ma fille a pris de l'assurance depuis qu'elle te connaît, maugréa Abraham à l'adresse de Zack.

— Elle dit que c'est une question de confiance, dit Zack avec un grand sourire.

Abraham hocha distraitement la tête. Il commençait à comprendre pourquoi il se retrouvait dans de sales draps, mais il ne voyait toujours pas comment en sortir.

— Alors, selon vous, je devrais lui demander de m'épouser, murmura-t-il.

Les épaules affaissées, il soupira :

— Elle ne me fait pas confiance alors que moi, je déposerais ma vie entre ses mains.

— Tu es bouleversé, papa, constata Kimberly avec étonnement. Je ne t'avais jamais vu comme ça.

Elle lui serra gentiment le bras.

— Tu tiens beaucoup à Nicola, n'est-ce pas ?

L'estomac noué, Abraham hocha la tête.

— Je l'aime.

Dès que cet aveu eut franchi ses lèvres, le poids qui écrasait son cœur et l'empêchait de respirer s'allégea considérablement.

— Le lui as-tu seulement dit ? demanda Kimberly.

Il fallut une heure à Abraham pour bien comprendre son erreur et trouver comment la réparer. Après avoir fait revenir son chauffeur et avoir avalé deux comprimés contre les brûlures d'estomac, il se changea et se rendit chez Nicola.

Il dut sonner quatre fois avant que la jeune femme ne vienne lui ouvrir. En voyant ses yeux rougis par les larmes, il se sentit le dernier des mufles.

— Chérie, je suis désolé, s'excusa-t-il en la prenant dans ses bras.

— Je n'ai pas pu, Abe, soupira-t-elle contre son épaule. Ce mariage aurait été une erreur. Nous ne sommes pas prêts.

— Moi, je le suis, affirma-t-il. Mais je peux comprendre que tu aies besoin de temps.

La tête penchée en arrière, Nicola le dévisagea avec surprise.

— J'ai tout faux, reconnut-il. J'aurais dû te demander ta main au lieu de t'ordonner de m'épouser, et j'aurais dû te laisser choisir une belle robe blanche.

Il la serra plus étroitement sur son cœur.

— Et surtout, j'aurais dû commencer par te dire que je t'aime et que je ne peux pas concevoir ma vie sans toi. J'ai tout gâché.

Nicola prit une inspiration tremblante.

— Je pensais que tu voulais m'épouser uniquement pour le qu'en-dira-t-on.

— J'ai souhaité que tu deviennes ma femme, parce que je t'aime. Je voulais t'offrir une bague, mais je préférerais que tu la choisisses avec moi, si un jour tu penses pouvoir me supporter toute ta vie.

Abraham lui caressa les cheveux.

— J'ai cru mourir quand j'ai compris que tu refusais de m'épouser. Mais ne pas t'avoir dans ma vie du tout me tuerait. Si tu as besoin de temps, j'attendrai. Je te demande juste de nous laisser une chance.

Des larmes inondèrent les joues de Nicola.

— Tu ne sais pas tout de moi. Il y a des choses que tu risques de ne pas accepter.

— Je t'écoute. Mets-moi à l'épreuve.

Elle frissonna et détourna les yeux. Rassemblant tout son courage, elle avoua :

— Lors de ma dernière année de lycée, je suis tombée enceinte.

Sa voix se mit à trembler alors qu'elle poursuivait :

— J'ai abandonné mon bébé pour qu'il puisse être adopté. C'était une petite fille.

Dans le cœur d'Abraham, la compassion remplaça le choc. Il se souvint de ce que Nicola lui avait raconté sur son premier amour qui l'avait quittée quand elle avait le plus besoin de lui.

— Ma pauvre chérie !

Il resserra ses bras autour d'elle comme un rempart protecteur.

— Tu as traversé cette épreuve toute seule. Sans parents pour te soutenir.

— Si tu savais comme je m'en suis voulu, confia-t-elle en reniflant. Comme je m'en veux toujours. J'aurais dû essayer de garder mon bébé avec moi, mais j'étais paniquée, et je n'avais ni argent ni famille pour m'aider.

— Sais-tu ce que ta petite fille est devenue ?

Ravalant un sanglot, elle hocha la tête.

— Ses parents adoptifs m'envoient des photos chaque année. Elle est jolie comme un cœur et elle va très bien. Elle a une merveilleuse famille. Je pense qu'il vaut mieux que je reste à l'écart de sa vie tant qu'elle ne demande pas à me rencontrer.

Elle se força à affronter le regard de son compagnon.

— C'est en partie la raison pour laquelle je ne pouvais pas t'épouser, Abe. Je ne savais pas si tu pourrais accepter mon passé.

En se noyant dans son regard émeraude voilé par la souffrance et les remords, Abraham sut qu'il n'avait jamais vraiment aimé avant elle.

— Accepter que tu aies enduré seule une situation tragique et que tu aies fait ce qu'il y avait de mieux pour ton enfant ?

Il l'embrassa sur le front, les joues, les yeux.

— Nicola, je ne t'en aime que davantage.

Les mains en coupe autour de son visage, il soupira :

— Tu ne sais manifestement pas combien tu comptes pour moi, comment tu as illuminé ma vie. Je t'aime et j'aimerai notre enfant de toutes mes forces. Si tu acceptes de m'épouser, tu me donneras une dernière chance de réparer mes erreurs.

Deux jours avant Noël, tout le clan Danforth se réunit à Crofthaven Manor pour assister au mariage de Nicola et d'Abraham. La jeune femme était resplendissante dans une robe longue de satin crème brodée de perles que toutes les femmes de la famille l'avaient aidée à choisir.

— Je vous déclare mari et femme, dit le juge après l'échange des vœux.

Se tournant vers Abe, Nicola lut tout l'amour du monde dans ses yeux. Elle avait l'impression de vivre un rêve. Jamais un futur père n'avait été plus attentif, plus tendre, plus impatient de voir son enfant. Et jamais un mari n'avait été plus amoureux et passionné.

— Je t'aime, dit-elle, les larmes aux yeux.

— Je t'aime, répéta Abraham d'une voix vibrante d'émotion avant de l'embrasser tendrement comme le voulait la coutume.

Kimberly s'essuya les yeux et embrassa son père.

— Félicitations, papa.

Lea se précipita vers Nicola.

— Tous mes vœux de bonheur, Nicola.

— Soyez la bienvenue dans notre famille, renchérit Reid.

A son oreille, il ajouta tout bas :

— Vous avez déjà fait des miracles. Cela prouve que l'amour d'une femme peut réaliser l'impossible.

Cinq mois plus tard, Nicola était allongée sur son lit, dans la maison qu'Abraham et elle avaient achetée non loin du Capitole. Ils avaient eu beaucoup de mal à trouver une demeure assez grande pour accueillir toute la famille d'Abe, mais c'était chose faite. Harold et Miranda, Ian et Kate, Reid et Tina, Adam et Selene, Marcus et Dana,

Kimberly et Zack avaient désormais leur chambre et prévoyaient de leur rendre visite au moins une fois par mois.

Sa chemise de nuit remontée sous ses seins, Nicola se mordait les joues pour ne pas rire tandis que son mari chantait sa version de *Eensy Weensy Spider* contre son ventre.

Après un dernier couplet encore plus faux que le précédent, Abraham lui embrassa le nombril.

— Comment étais-je ?

— Epouvantable, et tu le sais. Tu es doué dans bien des domaines, mais la chanson n'est vraiment pas ton fort. Je t'assure qu'il vaudrait mieux faire écouter du Mozart au bébé.

— Allons donc !

Abraham haussa les épaules.

— Mozart ne va pas payer l'éducation de notre futur génie. Mozart ne va pas se lever pour lui la nuit.

— Mais toi oui ? demanda Nicola sans cacher son scepticisme.

Il leva la main.

— Je jure sur mon honneur de donner tous les biberons de nuit.

Tendrement, il lui caressa le ventre et ajouta :

— Si je t'ai pour moi seul de temps en temps.

La passion qui vibrait dans sa voix fit bondir le cœur de Nicola. Elle était émerveillée qu'il continue de la désirer avec autant d'intensité alors qu'elle achevait son huitième mois de grossesse.

— J'adore quand tu m'as rien que pour toi.

— Et moi je t'adore tout court, dit Abraham en emprisonnant un sein épanoui dans sa large paume.

Elle secoua la tête.

— Je ressemble à une baleine.

— Pour moi, tu évoques une pêche bien mûre que j'ai envie de croquer.

Il souda ses lèvres aux siennes en un long baiser amoureux.

— Es-tu fatiguée, chérie ?

Elle secoua la tête et sourit.

— Absolument pas.

Frémissant d'excitation et d'impatience, elle se lova contre lui.

— Tu as une merveilleuse manière de me faire sentir en pleine forme.

— J'ai tellement de chance, soupira-t-il. De t'avoir pour épouse, d'attendre un nouvel enfant.

Il lui mordilla le cou.

— Et d'avoir retrouvé les enfants que je croyais avoir perdus pour toujours.

Nicola se pinça discrètement pour s'assurer qu'elle ne rêvait pas. Abraham lui avait donné tout qu'elle avait espéré sans jamais penser l'obtenir un jour : la sécurité, la certitude d'être aimée et une famille.

Abraham avait surpris son geste. Il se mit à rire.

— Tu te pinces encore ?

Une flamme passionnée dans le regard, il l'incrusta contre lui.

— Je connais une manière plus agréable de te prouver que notre bonheur est tout à fait réel. Jusqu'à la fin de nos jours...

La Dynastie des *A*shton

DÉCOUVREZ, EN AVANT-PREMIÈRE,

UN EXTRAIT DU PREMIER ROMAN

DE LA NOUVELLE SAGA

LE TEMPS DE L'AMOUR
de Eileen Wilks

*Ne manquez pas le 1er titre
de cette série inédite.*

À paraître le 1er janvier
3,50€ - SFr.6.-

Extrait de : *Le temps de l'amour*
de Eileen Wilks

Cole effectua tout le trajet jusqu'au chalet pris dans un tourbillon de pensées et de sentiments mêlés. Seigneur, finirait-il un jour par se moquer de tout cela ? Son père était une ordure, et alors ? Des millions de gens avaient un père odieux. A force, il devrait être capable de considérer l'indifférence de son père avec mépris.

La plupart du temps, d'ailleurs, il y parvenait. Mais aujourd'hui, voir Spencer avec sa dernière conquête, rejouant le même jeu ignoble qui avait anéanti la vie de Cole des années auparavant, lui avait mis les nerfs à vif. Et sans qu'il sache bien pourquoi, le fait que Dixie ait assisté à cette scène ne faisait qu'augmenter son irritation.

Comme il avait admiré cet homme durant son enfance, quêtant désespérément un regard d'approbation de sa part…

« Allons, referme le livre du passé, » s'ordonna-t-il en arrêtant son 4x4 devant le chalet. « Repose-le sur l'étagère et oublie-le. »

— Entre, dit-il à Dixie. Moi, je vais aller couper du bois.

— Quelle bonne idée, répliqua-t-elle en claquant la portière. Va jouer avec une hache pendant que la colère t'égare. Pendant ce temps, je préparerai les pansements et le garrot.

Après lui avoir lancé un regard en biais, Cole s'éloigna vers la lisière du tertre.

Un bois de chênes et de sapins cernait le chalet sur trois côtés, mais le terrain qui s'étendait devant la façade était entièrement dégagé jusqu'à l'escarpement qui dévalait le versant en plis vertigineux. Cette vue l'avait toujours réjoui : c'est là qu'il se sentait revivre.

Mais pas aujourd'hui, bon sang ! Il s'arrêta au bord de la crête rocheuse et fourra ses mains dans ses poches.

Bien entendu, Dixie l'avait suivi.

— Dommage que tu ne sois pas vraiment Sheila. Je ne peux même pas t'aider à te calmer avec une bonne bagarre bien virile, le taquina-t-elle.

— Je me doutais que ce merveilleux silence ne durerait pas, marmonna Cole.

— Si tu voulais du silence, il fallait venir seul.

Pourquoi ne l'avait-il pas fait ? Bien que son humeur morose l'incitât à fuir toute compagnie, l'idée de raccompagner Dixie aux Vignes avant de venir ne l'avait même pas effleuré.

— Si tu voulais que je te dépose, tu aurais dû me le dire.

— Simple remarque de ma part. Tu m'as emmenée, maintenant tu dois me supporter.

— Je voulais te montrer le chalet.

Eh bien voilà ! Il savait bien qu'il avait une raison de l'emmener.

— Mais j'ai besoin d'être seul un moment, reprit-il.

— Tu as surtout besoin de trier tout ce bazar qui s'emmêle en toi, oui. Essaye de parler un peu.

— Je ne suis pas d'humeur pour une thérapie improvisée.

— Tu sais, Cole, les gens se parlent — et parfois, s'écoutent — depuis des milliers d'années. Bien avant que Freud n'appelle cela « thérapie ».

Il lui lança un regard noir.

— Tu ne lâcheras pas prise, n'est-ce pas ? Il faut que tu pousses, que tu insistes, jusqu'à ce que je cède ?

— Non, tu te trompes. Je faisais ça autrefois, mais j'avais tort.

— Ah, tu l'admets enfin ? s'étonna Cole.

— Ça te surprend, hein ? Mais tu en faisais autant. Nous avons cherché tous les deux à influencer l'autre. Simplement, ta méthode était différente, observa Dixie en haussant les épaules. Pour résumer, nous étions jeunes et stupides. Et tellement raide amoureux que nous avons immédiatement cherché à modeler l'autre pour éviter de souffrir.

180

Souffrir. Le mot raviva des blessures déjà vives.

— Et tu en as trouvé des choses à changer, n'est-ce pas ? constata-t-il avec amertume. Tu n'aimais pas grand-chose en moi, à l'époque.

Dixie tressaillit.

— Je sais que c'est l'impression que tu avais, mais tu te trompais. J'aimais presque tout en toi. Hormis une ou deux choses que je ne supportais pas, avoua-t-elle.

On ne pouvait être plus clair. Incapable de tenir en place, Cole commença à marcher.

— Pourquoi es-tu revenue, Dixie ?

— Tu m'as déjà posé la question, remarqua-t-elle en lui emboîtant le pas.

C'était exact, et il aurait été bien en peine de dire quel genre de réponse il attendait. Simplement, il ne l'avait pas encore obtenue.

Que se passait-il, en fin de compte ? Il avait eu l'intention d'amener Dixie au chalet après le déjeuner — mais pour une après-midi de plaisir, pas pour une vaine séance de rappel de ses pires souvenirs. Encore moins pour une étude de son moi profond. Après un soupir, il s'efforça de sourire.

— Je me comporte comme un imbécile. Excuse-moi.

— Ne fais pas ça, Cole, protesta Dixie en s'arrêtant.

— Ne fais pas quoi ? Me montrer poli ? Plus agréable ?

— Ne t'oblige pas à faire bonne figure pour moi.

— Qui te dit que c'est pour toi ? rétorqua-t-il. J'ai peut-être simplement envie de me rappeler que je sais me comporter convenablement.

Immobile, le dos raide, elle le dévisagea longuement. Seigneur, songea Cole, comme il aimait autrefois la façon dont elle lui tenait tête, sans jamais lui céder d'un pouce… Il prit une profonde inspiration et décida qu'il valait mieux laisser certaines choses dans le passé.

— Tu marches un peu avec moi ?

Elle acquiesça en silence et le suivit sur un étroit sentier de gibier qui menait à un petit pré verdoyant. C'était un des endroits favoris de Cole. A coup sûr, se prit-il à penser, Dixie l'adorerait au printemps, lorsqu'une multitude de fleurs sauvages parsèmeraient l'herbe tendre.

Sauf qu'elle ne serait plus là, au printemps…

Carpe Diem, alors ! S'il ne lui restait qu'une ou deux semaines, il ferait bien d'en profiter au maximum, non ?

— Comment trouves-tu mon chalet, pour le peu que tu en as vu, en fait ? demanda-t-il d'un ton léger.

— Ravissant. Je t'avoue que je ne m'attendais pas du tout à ça.

— A quoi t'attends-tu ?

Le sentier était trop étroit pour qu'ils puissent marcher de front, aussi ne vit-il pas son sourire moqueur, mais il l'entendit dans sa voix.

— A quelque chose de plus rustique. De beaucoup plus rustique. Tu as dit que tu avais fait énormément de choses toi-même.

— Tu sous-estimes mes talents de menuisier.

— Je ne te croyais même pas capable de manier une scie.

— Au début, c'était le cas, avoua Cole. Mais lorsque le mur est tombé, j'ai pris quelques cours de bricolage.

Dixie éclata de rire.

— Il est vraiment tombé ? Lequel ?

Tandis qu'il lui racontait ses premières expériences ratées de travaux manuels, une vague de soulagement le traversa. Tout irait bien entre eux. Tant que cela resterait léger, tant qu'ils éviteraient la passion, les choses se passeraient bien.

Le petit chemin déboucha enfin sur sa prairie favorite. En quittant l'ombre pour le soleil, son cœur bondit. Il n'y avait pourtant rien de grandiose ni de sublime dans cet endroit. La beauté ici se composait de petites choses banales, mais le pré semblait recueillir toute la lumière du soleil, la rendre à la fois plus éclatante et plus

182

douce. Cole aurait juré que l'herbe y poussait plus verte qu'ailleurs, y ondoyait plus harmonieusement sous la brise que les arbres alentours atténuaient, au point de n'en laisser passer qu'un souffle. Vers l'ouest, on entendait siffler un pinson.

— Oh..., s'exclama Dixie, arrêtée derrière lui, parcourant lentement l'endroit des yeux. Un vrai petit coin de paradis !

Sa remarque le remplit de joie.

— C'est l'autre raison pour laquelle j'ai acheté le chalet.

— Quel endroit fantastique !

Souriante, elle se tenait immobile dans un rayon de soleil. La brise soulevait ses cheveux et plaquait sa mince robe bleue sur un corps aux formes extrêmement féminines.

Cole sentit un désir brutal l'envahir. Un trouble irrésistible lui monta à la tête, le fit s'envoler très haut, très loin, vers un rêve enfoui... puis retomber, chancelant et muet.

— Cole ? Quelque chose ne va pas ?

Oui. Il s'était trompé. Complètement trompé. Ce n'était pas une liaison amicale de quelques jours, superficielle, qu'il voulait de Dixie. Il voulait plus, beaucoup plus.

Lentement, il s'approcha d'elle.

Dixie cligna nerveusement des yeux. Oh, elle savait bien ce qu'il avait en tête. Elle ne recula pas, même s'il vit très bien qu'elle en avait eu l'envie. A la place, elle releva le menton et fronça les sourcils.

— Quelle mouche te pique ?

— Toi, murmura Cole, lui posant les mains sur les épaules, laissant ses paumes s'imprégner de sa chaleur. Depuis toujours.

— Je ne pense pas que...

— Parfait. Ne pense surtout pas, trancha-t-il en s'emparant de ses lèvres.

Il la sentit vaguement tressaillir, tant la saveur exquise de sa bouche l'envahissait, plus enivrante que le meilleur des vins. L'attirant tout contre lui, il parcourut son corps de ses mains impatientes, insatiables de ses formes, de son odeur, de sa chaleur. Insatiables d'elle.

Mais cela ne suffisait pas. Il lui fallait plus — assez pour qu'elle ne reparte pas, qu'elle ne le quitte plus jamais. Il resserra ses bras autour d'elle, mais Dixie le repoussa avec violence.

Alors, relâchant son étreinte, Cole la laissa aller, de nouveau. Et il eut mal, de nouveau.

La bouche humide, les cheveux emmêlés, les yeux brillants de colère, Dixie fulminait.

— Je refuse qu'on me force.

— Il ne s'agissait que d'un simple baiser, protesta Cole, gagné par une certaine culpabilité.

— Tu vas trop vite. Tu me pousses trop.

L'amertume lui noua le ventre, lui tordit la bouche.

— Tu semblais n'attendre que ça, Dixie, que je t'embrasse, riposta-t-il. A moins que cela n'ait été qu'un jeu ? Cela t'excite à ce point, d'allumer les hommes ?

— Qu'est-ce que tu veux dire par là ? jeta Dixie d'une voix blanche.

— Tu aimes les hommes, n'est-ce pas, tous les hommes ? Eli, Russ, moi — tu flirtes avec nous tous. Ne suis-je qu'une de tes proies ?

Sans répondre, Dixie tourna les talons et s'enfuit vers le sentier.

Ne manquez pas, le 1er janvier
Le temps de l'amour
de Eileen Wilks,
le premier volume de « La dynastie des Ashton »

Le nouveau visage de la collection Or

AMOURS D'AUJOURD'HUI

Afin de mieux exprimer sa modernité et de vous séduire encore davantage, votre collection Or a changé de couverture et de nom depuis le 1er mars 1995.

Rassurez-vous, les romans, eux, ne changent pas, et vous pourrez retrouver dans la collection **Amours d'Aujourd'hui** tous vos auteurs préférés.

Comme chaque mois, en effet, vous y attendent des héros d'aujourd'hui, aux prises avec des passions fortes et des situations difficiles...

COLLECTION
AMOURS D'AUJOURD'HUI :
Quand l'amour guérit des blessures de la vie...

Chère lectrice,

Vous nous êtes fidèle depuis longtemps?
Vous venez de faire notre connaissance?

C'est pour votre plaisir que nous avons
imaginé un rendez-vous chaque mois
avec vos auteurs préférés, vos
AUTEURS VEDETTE dans les
collections Azur et Horizon.

Les AUTEURS VEDETTE vous
donneront rendez-vous pour de
nouveaux livres vedette.

Pour les reconnaître, cherchez
l'étoile ... Elle vous guidera!

Éditions Harlequin

COLLECTION HORIZON

Des histoires d'amour romantiques qui vous mènent au bout du monde!

Découvrez la passion et les vives émotions qu'apportent à la Collection Horizon des auteurs de renommée internationale!

Captivantes, voire irrésistibles, ces histoires d'amour vous iront assurément droit au coeur.

Surveillez nos trois nouveaux titres chaque mois!

GEN-H-R

69 L'ASTROLOGIE EN DIRECT
TOUT AU LONG
DE L'ANNÉE.

(France métropolitaine uniquement)
Par téléphone 08.92.68.41.01
0,34 € la minute (Serveur JET MULTIMÉDIA).

Composé et édité par les
*éditions*Harlequin
Achevé d'imprimer en novembre 2005

BUSSIÈRE
GROUPE CPI

à Saint-Amand-Montrond (Cher)
Dépôt légal : décembre 2005
N° d'imprimeur : 52554 — N° d'éditeur : 11737

Imprimé en France